http://www.bbulmedia.com

귀환! 진유청!

귀환! 진유청!

13

어둠의 근원!

로토 신무협 장편 소설

뿔미디어

목차

第一章

성도 탈출!

그늘진 골목에서 얼굴 하나가 툭 튀어나왔다.

거뭇한 게 잔뜩 묻어 있는 꾀죄죄한 모습의 사내는 고개를 좌우로 돌려 주위를 살펴본 뒤 한 손을 번쩍 들어 올려 등 뒤에 있는 이들을 향해 신호를 보냈다.

그리곤 뒤쪽의 동향을 살피지도 않은 채, 조금의 주저도 없이 앞을 향해 쭉쭉 나아간다.

유청 일행은 그를 놓칠 새라 긴장한 채로 바짝 따라붙어 발걸음을 재촉하던 중.

"어어?"

유청의 눈이 커지더니 냅다 손을 뻗어 앞서 가던 사내의 뒤통수를 밀며 그대로 앞으로 고꾸라졌다.

쿠웅!

워낙 창졸지간에 벌어진 일인지라 사내는 찍 소리도 못한 채 무릎으로 바닥을 찍어내린 뒤 상체로 바닥을 덮었다. 물론, 유청 또한 사내 위에 포개진 자세로 구겨진다.

급작스러운 유청의 행동에도 일행은 당황하지 않고 재빠르게 녀석을 따라 몸을 웅크렸다.

단 한 명, 조겸만이 눈을 멀뚱거리며 사람들이 하는 양을 구경하다가 윤중현의 손에 이끌려 지면과 조우했다.

평소엔 제법 똘똘하단 소릴 들으며 능력 좋은 수백호라 평가받는 조겸이었지만 연이어진 급박한 상황들을 모두 소화하기엔 무리가 있었던 듯 지친 상태로 집중력이 꽤 떨어진 것처럼 보였다.

조겸의 콧구멍에서 훅 하고 뿜어져 나온 더운 숨에 포실한 흙덩이가 부스러짐과 동시에 맞은편에서 달려오는 말발굽 소리가 울려 퍼졌다.

두두두두두!

바닥을 위아래로 흔드는 진동이 몸을 통해 고스란히 전해진다.

"멀리 가진 못했을 것이다! 성문을 빠져나가게 해선 안 된다!"

말 머리를 가장 앞장세우고 달리던 사내가 외친다.

사내는 어둠 속에서도 알아볼 수 있을 만큼 서슬 푸르

게 눈을 빛냈다.

하나 그는 그가 그토록 원했던, 제 인생을 통째로 바꿔 줄 것 같은 먹잇감이 바로 코앞에 있다는 사실을 모르고 그냥 스쳐 지나갔다. 그건 정말이지……

"운이 좋네, 츠읍."

나 말고, 당신.

한 떼의 무리가 뒤쪽으로 사라져 가자 유청이 고갤 들더니 흰 이를 드러내며 중얼거렸다.

만약 사내가 유청과 맞닥트렸다면, 사내의 인생이 바뀌긴 바뀌었을 게다. 저가 바라는 것과는 완전히 반대 방향이라는 게 다르겠지만.

유청 일행이 이리 몸을 숨기며 이동하는 게 당장 달려들 눈앞의 무사들이 무서워서는 아니지 않은가.

그런데도 사내가 욕심을 부려 죽기 살기로 덤빈다면 유청도 그에 걸맞은 대접을 해줄 게 분명하니, 녀석이 한 말은 틀리지 않았다.

문제는, 공을 세우기에 혈안이 된 관의 무사들은 절대 그렇게 생각해 주지 않을 거라는 거.

"켁, 켁! 이제 가, 갔습니까?"

유청에 의해 엎어져 얼굴을 흙바닥에 처박고 있던 이가 고개를 쳐들며 입을 열었다.

묵직했던 공기가 쩌엉, 하고 깨졌다.

그는 제 목소리에 저가 더 놀라 흡, 하고 헛바람을 들이키며 손등으로 입을 막았다.

일행들이 슬그머니 풀었던 어깨를 다시금 움츠린 다음, 귀를 쫑긋거렸다.

고요하다.

희미하게 멀어져 가던 무사들의 말발굽 소리가 완전히 그쳤다.

못 듣고 그냥 간 건가?

서로 눈짓을 교환해 의중을 확인하던 일행들 사이로 유청이 벌떡 몸을 일으켰다. 그와 동시에.

타다다다닥!

멈췄던 소리가 폭발하듯 터져 나온다. 점점 더 크게. 적들이 되돌아오고 있다!

"달려요!"

유청이 일행을 향해 외쳤다. 그렇지만 녀석은 채환이에게 제 실수로 인해 일어난 사달에 완전히 얼어붙은 사내의 뒷덜미를 달랑 잡아 던져 준 후 달려오는 적들과 마주섰다.

"같이하자."

나채환은 사내를 잡아 윤수일 쪽으로 밀어내고 유청에게 다가갔다.

우두머리 격에 속하는 둘이 후방을 맡자 쉽사리 발걸음

이 떨어지지 않은 일행의 속도가 느리다.

"최대한 거리를 벌여 놓지 않으면, 적들이 아닌 저 두 분께 혼이 나실 겁니다."

처세술엔 약하지만, 상황을 파악하는 눈이 없는 건 아닌 윤중현이 나직한 어조로 주위를 일깨웠다.

일행의 낯빛이 급변한다.

말보다 발이 먼저 나오는 나채환에게 찍히면 몸이 많이 괴로울 테고, 눈빛만으로도 사람 속을 뒤집어 말라 죽게 하고야 말 능력의 소유자인 진유청에게 찍히면 마음이 많이 아파질 텐데.

저 두 사람에게 한꺼번에 찍힌다면?

"가, 가죠."

손정우가 얼른 윤수일과 그에게 딸려 붙어 있는 거지 차림새의 중년 사내를 이끌고 성큼 걸음을 내딛는다.

쿠아앙!

속도를 높여 이동하던 일행의 뒤통수로 굉음이 울려 퍼졌다. 그 사이로 삐죽 솟구치는 유청의 목소리.

"하여간, 제 복을 걷어차는 사람들이 꼭 있다니까?"

나채환은 대답 대신 발끝으로 지면을 가볍게 튕겨 몸을 공중으로 띄웠다. 녀석은 그 상태로 오른쪽 다리를 쭉 뻗은 뒤 사선으로 내리긋는다.

퍼억!

짓쳐 들던 말이 통째로 바닥에 처박히고, 타고 있던 무사는 바닥으로 나동그라져 피를 토했다.

앞서 가는 일행의 발걸음이 한층 더 빨라진다. 자신들은 제 복을 스스로 걷어차는 사람들의 범주에 절대 들어가고 싶지 않았으니까.

유청은 일행의 마음을 충분히 이해했다.

하지만 말이다. 아무리 그래도, 그렇지!

"참, 멀리도 가셨습니다들."

보란 듯이 혀를 빼문 채, 봄날 늘어진 강아지처럼 헥헥거리던 유청이 눈을 가늘게 뜬 채로 얘기했다. 모두에게 똑똑히 들릴 정도의 크기였던지라 일행의 어깨가 움찔거린다.

"우리 없이도 북경까지 잘 갈 자신이 있었나 보지."

나채환이 거들자 마른침 삼키는 소리가 요란하게 이어졌다.

"중간에 추적자 무리를 만나 작은 교전이 있었는데, 그들을 뿌리치고 이동하려다 보니 예상했던 것보다 많이 움직이게 됐습니다."

이럴 땐 그냥 나 죽었소, 하고 입 다문 뒤 윗사람의 분이 다 풀릴 때까지 듣고만 있는 게 더 낫다고 여긴 조겸이 소매를 잡아끎에도 윤중현은 개의치 않았다.

"어쩔 수 없는 상황이야 분명 있었겠지요. 그래도 다음에 이런 일이 있을 경우엔 어디로 가고 있는지 표식이라도 남겨 두는 걸 잊지 마십시오."

유청이 아무리 성질이 더러워도 없는 일로 심술을 부리진 않는다.

만약 유청 자신에게 기운을 읽고 따를 수 있는 심안이 없었다면 이렇게 무사히 일행과 조우하지 못했을 것이다.

그렇게 됐을 때 위험한 건, 유청이나 나채환이 아닌 바로 이들이었을 테고.

화산에서의 폭사 사건 때, 시커먼 꿍꿍이가 있어 보였던 대장로 악기태와 전용후를 예의 주시하고 있었음에도……

간절한 악의를 품은 강한 기세가 심안을 가리고 방해해 상황 파악을 늦게 하여 한수를 잃을 뻔했지 않았나.

정세가 혼란스러울수록 작은 실수나 사소한 우연이 어떤 무시무시한 결과를 불러들일지 알 수 없는 일이었으니 불안할 수밖에.

삶과 죽음을 가르는 차이는 실낱처럼 가늘고, 여름날 장맛비처럼 변덕스러우니까.

"주의하겠습니다."

윤중현은 이야기를 꺼낸 유청이 아닌, 나채환 쪽으로 고갤 숙여 보였다.

유청의 입장을 대우해 주긴 하나, 그는 어디까지나 관의 사람이다. 윤중현의 머리 위에 있어야 할 이는 나채환이란 소리다.

"괘, 괜찮으십니까?"

서안을 빠져나가는 데 도움을 주기 위해 나선 개방 소속 중년 사내가 조심스레 유청에게 물었다.

"네. 걱정하지 마세요."

유청이 고개를 끄덕이자 사내가 안도의 한숨을 내쉰다.

개방의 서안 분타주로 눈앞의 청년이 동심회에서 차지하는 존재감이 어떤지 너무나 잘 알고 있는 그였기에, 먼저 도움을 요청하지 않았는데도 주저 없이 나섰던 게 아닌가.

진유청은 관과 복잡하게 얽힌 이번 일에서 최대한 동심회를 밀어내려 했던 듯. 개방이 끼어든 데에 못내 걱정스러워 하는 거 같았지만 사내는 그리 생각지 않는다.

그는 이 청년이 서안을 무사히 빠져나가게 할 수만 있다면 제 목숨이라도 걸 수 있었다.

왜냐하면, 그게 개방 전체의 뜻이자 동심회의 의지로 서안 분타주인 저가 아니라 자신들 중 누가 이 자리에 있었더라도 똑같이 행동했을 거라 믿으니까.

때로는 단 한 명의 사람이, 수백 수천의 목숨보다 더 귀한 가치를 만들어낸다.

다만 풀잎 하나에도 살아 있는 생명의 소중함이 깃드는데 살아 있는 사람 목숨 값의 무게를 어찌 셈으로 달아 풀어낼 수 있겠냐마는…….

있긴 있다.

거기 그냥 있다는 것만으로도 향기를 뿜어내고 세상을 바꿀 수 있는 존재가. 사람들을 달라지게 하고, 좀 더 살 만한 세상으로 만들어줄 수 있는 존재가.

그러니 지켜줘야지. 어떤 희생을 각오하고서라도.

수많은, 더 많은 사람들을 위해서 말이다.

사내의 신념에 찬 눈빛이 유청의 어깨를 묵직하게 내리눌렀다.

기대를 받는다는 건, 마냥 으쓱하기 만한 일이 아니란 걸 갈수록 뼈저리게 느끼고 있으니까.

그래도 말이지.

"고맙습니다."

갑작스런 유청의 인사에 사내가 일순 어리둥절한 표정을 지었다. 처음 길 안내를 해주기 위해 불쑥 찾아갔을 때도 하지 않았던 말을 왜 이제 와서?

유청이 간략하게 설명했다.

"혹시 절 도와주라는 연락을 미리 받고, 동심회 할아버지들 등쌀에 못 이겨 눈치를 보다 나오신 건 아닐까 했는데. 그건 아닌 거 같아서요."

순수하게 자기 판단으로 생면부지인 유청을 위해 위험을 무릅쓴 사람이라면 딱히 내키지 않았던 도움이라 해도 진심 어린 인사를 받을 만하지 않나.

적어도 유청은 그렇게 여겼다.

"정리됐으면, 가지."

나채환이 유청을 재촉했다. 한시가 급했다.

"가야지. 한데, 아무래도 생각했던 거보다 많이 어렵게 가게 될 거 같다."

유청이 제 품속에 넣어두었던 서찰 두 개를 손끝으로 매만졌다.

들어올 때보다 나가야 할 때가 더 힘들 거라는 건 익히 예상했던 바다. 다만 들어올 때 어찌어찌 조용히 잘 숨어 들어올 수 있었던 것처럼 나갈 때도 그런 운이 작용해 주길 바랐을 뿐.

그렇지만 이 서찰이 자신들에게 있는 이상은 작은 기대도 어렵게 됐다.

적들이 죽기 살기로 덤벼드는 게 아니라, 정말 죽음을 각오하고 눈을 까뒤집은 채 달려들 테니 말이다.

하여간 이상하다니까?

보면 꼭 뒤가 구린 놈들이, 저보다 더 구린 놈 약점을 잡겠답시고 제 목을 조를 물건들을 증거로 남겨 놓는다.

기신양에게 이야기 듣고, 박찬희도 증거가 있다 언급했

던지라 뭐가 있어도 있겠지 싶긴 했지만…… 쩝.

"……어르신께선 두 번째 서찰의 존재는 모르셨을 겁니다."

유청이 한 얘기와 행동의 의미를 아는 윤중현이 도지휘사 박찬희의 편을 든다.

박찬희에게 증거가 될 만한 걸 물었을 때, 그가 즉각 황학용을 가리켰고 황학용의 집에선 서찰이 두 통 나왔으니…….

혹여 박찬희가 두 번째 서찰에 대해 알면서도 묵인한 건 아닌가 하는 오해를 불러일으키는 건 아닌가 싶어 윤중현은 걱정이 된 것이다.

박찬희가 언급했던 증거는 어디까지나 첫 번째 서찰, 그러니까 섬서 도지휘사사로 보내져 온 밀명으로 황제의 허락 아래 섬서의 군권을 움직이겠단 연이상단주의 뜻과 그것을 확인해 주는 서경왕 주익의 수결이 찍힌 것이었을 테니까.

"그분을 의심하는 이는 여기 없을 겁니다. 폐하께 사람을 보내 저간의 상황을 보고하고 확인까지 해보려 했다 하시지 않았습니까."

유청이 윤중현의 말을 받아 주었다.

비록 도지휘사사를 나섰던 이가 돌아오진 못했다고 해도, 조사해 보면 다 나올 일을 갖고 박찬희가 거짓말을 할 이유가 없지 않은가.

"그렇습니다. 만약 어르신께서 두 번째 서찰에 대해 아셨다면 황학용의 행동을 절대 좌시하지 않으셨을 겁니다."

평소 개인적 감정을 일에 엮는 일이 전혀 없었던 윤중현을 움직일 만큼 두 번째 서찰에 쓰인 내용은 어마어마했다.

뭐, 이조차 황제가 용인한 거라면 정말 할 말 없는 거고.

유청이 입맛을 다시며 개방의 서안 분타주를 바라봤다.

"아, 이쪽으로 가면 사람들이 성을 몰래 드나들 때 쓰는 쥐구멍이 있습니다."

사내는 저가 안내하던 곳에 대한 설명을 덧붙여 검지로 방향을 가리켰다.

흑도 출신이나 파락호들이 종종 사용하는 곳인데 이렇게 유용하게 쓰일 줄이야.

일행이 다시금 사내를 쫓아 움직이려는데 어디선가 부스럭 소리가 들렸다.

또 적인가 싶어 일행이 잔뜩 경계를 할 때, 유청이 고갤 저었다.

다가오고 있는 이들에게서 뿜어져 나오는 기운에 조금의 살기도 배어 나오지 않고 있었으니까. 게다가…… 이

친숙한 느낌.

설마?

유청이 미간을 찌푸릴 때 낯선 무리 중 가장 앞장서 걷던 이가 마주 선 상태로 입을 열었다.

"진 공자님이십니까? 저흰 금오상단 서안 지부에 속해 있습니다. 상황을 지켜보다 더는 참을 수가 없어 이렇게 찾아왔습니다. 지금 가시려는 곳은 이미 퇴로가 막힌 상황이니 다른 길을 찾아보는 게 좋겠습니다."

이런, 이런. 개방에 이어 금오상단까지. 섬서 서안에 동심회 소속 분들이 더는 없으시겠지?

기껏 동심회는 무림맹에, 한수는 화산에 두고 왔는데! 숨겨진 복병이 있었던 거다.

걱정돼 제 발로 달려온 이들을 박대할 수도 없는 노릇이고.

개방의 서안 분타주가 안내하려던 쥐구멍의 위험함을 고한 무사들은, 그와 안면이 있었는지 가볍게 인사를 한 뒤 바로 새로운 경로를 물색하며 의견을 나눈다.

서안 성내에 대해 상인들과 거지만큼 잘 아는 이가 없기야 할 테니 조합으로 치면 최고라고 할 수 있으리.

"굳이 이러지 않으셔도 됐는데…… 감사합니다!"

유청이 미미하게 흔들리는 입꼬리 양쪽을 위로 바짝 당기며 말했다.

그래도 머릴 맞대고 있는 이들을 지켜보는, 녀석의 부드럽게 휜 눈가에 내려앉은 따스함만큼은 진짜였다.

콰앙!

집무실 책상을 두 주먹으로 내려친 황학용이 붉으락푸르락해진 얼굴로 외쳤다.

"아직이라니! 아직이라니!"

악적들이 도망친 게 언젠데 꼬리를 잡지 못했단 말인가.

일반 병사들만으론 상대하기 어려울 것 같아 도지휘사사 내에 있던 무관들까지 총 동원한 참이거늘!

"성문을 굳게 걸어 잠그고 수색을 멈추지 말라. 특히나 무림의 무뢰배들과 뒤섞인 이상한 놈들이 있으면 당장 잡아들여 심문하도록!"

황학용이 주먹을 불끈 말아 쥔 채로, 중간 보고를 올리고 대기하던 수하에게 말했다.

꼭 짚어 동심회 소속으로 초린대에 도움을 줄 수 있는 문파를 주시하라고 하지 않은 건 자신들이 쫓는 이들의 정체에 대해 수하들이 짐작할 수 없게 하려 함이다.

추격하다 전투가 벌어졌을 때 악적들이 제 신분을 밝힌

다 해도, 적들이 자신들을 교란하기 위해 수작을 부린 걸로 치부해 버린 후 잡아들여 완전히 입을 막아 버리면 그 뒤는 어떻게든 수습할 자신이 황학용에겐 있었으니까.

"알겠습니다."

심상치 않음을 느낀 수하가 얼른 대답을 하고 밖으로 나갔다.

혼자 남은 황학용이 제 가슴 어림에 주먹 쥐고 있던 손을 가만히 올려놨다. 그리곤 살며시 손바닥을 편 채 대고 지그시 누른 자세로 둥그렇게 문지르기 시작한다.

심장이 너무 거칠게 뛰어 현기증이 느껴진 탓이다.

"진작 태워 버렸어야 했는데……."

도지휘첨사인 기신양에게 보여준, 비밀리에 황학용 개인에게로 왔던 서찰 말이다.

일이 안 좋게 흘러갔을 때, 연이상단주로 하여금 황학용 자신의 목숨을 구하게 만들 비장의 한 수가 될 거라 여겨 놔둔 게 오히려 올가미가 되다니.

입술을 달싹이며 한 바퀴, 두 바퀴. 손이 원을 그리는 횟수가 늘어날수록 황학용의 떨림이 잦아들었다.

그는 제 무공 실력이 모사와 배포를 따라가지 못함을 알기에 밖으로 뛰쳐나가는 대신 스스로를 진정시키는 데 전력을 다했다. 그래야 저가 할 수 있는 걸 제대로 해내지 않겠나.

위기는 언제나 있었고, 그것들을 이기고 넘어섰기에 황학용 자신이 이 자리에 있을 수 있는 거였다.

"저 왔습니다, 황 대인."

밖에서 기신양의 목소리가 들렸다.

"들어오시게."

황학용이 호흡을 고른 후 대답했다. 벌컥 문이 열리고 안색이 하얗게 질린 기신양이 넘어질 듯 휘청거리며 안으로 들어왔다.

협박에 넘어가 아는 걸 순순히 불긴 했으나, 뒷감당을 어찌해야 하나 싶던 차에 들려온 보고에 아예 넋을 놓고 있다 겨우 정신을 차리고 달려왔으니 오죽하랴.

"쯧! 꼴이 그게 뭔가?"

황학용은 기신양과 대면한 순간, 단번에 초린대가 덮친 곳이 도지휘사사와 황학용 자신의 집만이 아니란 걸 알아챘다. 그렇지 않고서야 아무리 기신양이 심약한 이라 해도, 어찌 저리 당장 숨넘어갈 거 같은 얼굴을 하고 기어들어 올까.

"죄, 죄송합니다."

기신양이 이마에서 줄줄 흘러내리는 식은땀을 손등으로 닦아냈다.

저 상태론 옆에 있어 봤자 별 도움도 안 될뿐더러 괜히 정신만 사납게 굴 거라 여긴 황학용이 턱 끝으로 문을 가리킨다.

"피곤해 보이는데, 그냥 돌아가서 쉬고 있게. 어차피 여기서 자네가 할 일은 없으니까 신경 쓰지 말고. 내 진척이 있으면 연락하도록 하지."

"아닙니다, 전 괜, 괜찮습니다!"

능력도 자질도 어느 하나 특출한 게 없는 이가 눈치까지 없는 건, 황학용에게 있어선 죄악에 가까웠다.

"성도 수비대 중 서안으로 들고 나는 길목을 지키고 있는 이들과 강 천호에게 전서구를 보냈으니 악적들이 성을 빠져나간다 해도 무사히 섬서를 넘어 북경까지 갈 순 없을 거네. 그러니……."

"끅!"

기신양이 딸꾹질을 하며 몸을 팔딱인다. 손정우의 얼굴이 흐릿하게 그의 머릿속을 스쳐 지나갔다.

그게 다가 아니다. 거기에 더해, 나채환의 서늘한 낯빛과 생글거리는 눈매가 왠지 얄미웠던 청년이 떠오르니 갓 잡아 올린 생선처럼 푸드득한 떨림은 쉬이 잦아들지 않았다.

끄윽거리는 소리가 집무실에 연이어 울려 퍼지자 황학용이 어금니를 지그시 깨물었다.

기신양은 저를 향한 경멸 어린 시선을 느끼곤 뒷걸음질친다. 황학용의 건조한 목소리가 귀에 파고들었다.

"자네는 한동안 내 눈에 띄지 않는 편이 좋겠군."

"끅! 저를 버, 버, 버리시려는 겁니까? 끅, 끄윽!"

무림맹에 있는 초린대를 꾀어내기 위해 손정우를 이용해 섬서로 불러들인 사실이 밝혀지면 황태자 전하께 죽을 것이고. 흉포하기 이를 데 없는 황제가 끔찍이 아끼는 의제를 위해 저답지 않게 섬서 군권까지 내어준 마당에 의제와 친동생이 나눠 받은 군권으로 무슨 짓을 하려 했는지 알게 된다면…… 아마 연관된 모든 이들, 특히나 직접적으로 명령을 수행한 황학용과 기신양 자신은 황제가 친히 사지를 쭉쭉 찢어 버린 뒤 짐승 밥으로 내던질 거다.

그러니 어쩌겠나.

저를 끌어들인 원흉인데다 지위가 높고 경험이 풍부한 황학용의 등 뒤에 찰떡처럼 착 달라붙어 떨어지지 않는 게 그나마 살아날 수 있는 길인 것이다.

기신양은 제 가문을 위해서라도 절대 물러날 수 없었다.

"제가 호, 혼자서 무너질 줄 아십니까? 끅!"

"누가 자네를 내치겠다고 했나! 이렇게 내 심기를 거스르는 거야말로 자네의 목숨을 구해줄 구명줄을 약하게 만드는 일이란 걸 왜 모르나!"

황학용의 질책에 기신양이 움찔해 입을 다물었다. 황학용이 그에게서 시선을 돌려 완전히 외면하자 기신양은 어쩔 줄 몰라 혼탁한 눈동자를 이리저리 굴렸다.

나가긴 해야겠고. 그런데 나가도 되냐고 묻기에는 어색한 이 분위기가 힘들다.

이럴 땐 조용히 인사만 남기고 나가도 될 텐데. 괜히 꼬투리를 잡힐까 걱정 돼 애써 딸꾹질을 잠재우며 버티고 섰다.

"나가보게."

결국 황학용이 손을 바깥으로 내저으며 기신양에게 신호를 줘야 했다.

"그럼 도, 도지휘사사로 끄윽! 가 있을 테니, 끅! 무슨 일이 있으면 바로 연락을 주십시오, 컥컥!"

기신양이 나가고 나자 집무실 안이 조용해졌다.

"일이 정리되는 대로 치워야겠군. 괜히 혹을 하나 달아 운신을 부자유스럽게 할 필요는 없겠지."

황학용의 나지막한 목소리에 진한 악취가 배어 나왔다.

◐　　◐　　◐

푸드드득!

비둘기의 날갯짓이 멈춘 곳은 병사의 두터운 팔뚝 위에서였다. 일반 병사와는 달리 특기병으로 전서구를 관리하는 역할을 맡은 사내는 능숙한 손놀림으로 비둘기의 다리에 매여 있는 작은 통에서 돌돌 말린 종이를 꺼내 들었다.

"보고 사항입니다."

곧장 현재 병력을 이끄는 책임자인 강 천호에게 간 병사가 종이를 내밀었다.

"흐음."

개미가 기어가듯 꾸불거리는 작은 글씨들을 읽어 내려가는 강 천호의 얼굴에 묘한 빛이 감돈다.

이윽고 다 읽었는지 강 천호가 종이를 제 입에 우겨 넣더니 천천히 죽이 될 만큼 속도를 늦춰 씹어댔다.

잠시 후, 꿀꺽 하는 소리와 함께 강 천호의 목울대가 위아래로 작게 튕겼다. 종이가 배속으로 완전히 넘어갔다는 신호였다.

◖　　　　◖　　　　◖

"……라고 합니다."

동태를 살피기 위해 잠시 자리를 비웠던 사내가 거무튀튀한 안색으로 상황을 보고했다.

관군들은 성문을 닫아걸고 안을 샅샅이 뒤지고 있는데다 성 밖에 주둔하고 있던 성도 수비대는 물론이고, 서안과 다른 지역을 잇는 요소를 틀어막고 있던 강 천호까지 불러들였다는 소문이 파다하다고 하니 그럴 수밖에.

운 좋게 성을 빠져나간다 해도 바로 가까이서 일행을 추격해 올 수 있는 이중, 삼중의 포위망이 만들어진 것이다.

적들이야 수색 범위가 좁을수록 유리하겠지만 유청 일행은 그 반대. 빠져나갈 틈을 찾기 위해선 빈 곳이 많을수록 낫지 않겠나.

그러니 유청 일행은 성도 수비대와 강 천호 휘하 병력이 서안성에 도착하기 전에 이곳을 빠져나가야 했다.

"빨리 움직여야겠군."

나채환의 말에 유청이 머릴 긁적였다.

이 또한 황학용의 계산에 들어 있는 거겠지. 불안감을 조성해 자신들이 실수를 하게 하기 위해서 말이다.

아, 진짜 이렇게까지 신경 써 주지 않아도 되는데.

괜히 감동해서, 성을 빠져나가기 전 황학용을 한 번 더 만나서 진득한 정을 나눌 수 있을 만큼 깊은 대화를 해볼까 하는 생각도 들었으나…… 일단 참자.

마중 나온 관군들에게 손 잡혀 끌려가는 것도 아니고, 유청 자신이 제 발로 그를 찾아가 얼굴을 빼죽 내밀면 황학용은 너무 반가운 나머지 뒷목 잡고 쓰러질지도 몰랐다.

앞으로 살날 참 벅차고 고될 그에게 벌써부터 그런 일을 겪게 할 순 없지, 암, 그렇고말고.

유청이 주위를 휘휘 둘러보더니 사람들과 시선을 맞췄

다.

이곳이 아무리 비밀리에 유지된 금오상단의 안가(安家)라 해도, 오래 버티지는 못할 터.

모두들 걱정하고 있다.

제 일신의 안위가 아니라 저가 지키고 해내려는 가치를 끝까지 이루지 못하고 스러지게 될까 봐서.

"다 잘될 겁니다. 저 못 믿으세요?"

유청이 한쪽 눈을 찡긋거리며 웃어 보인다.

무거운 분위기를 느슨하게 풀어주려는 의도였고, 으레 그렇듯 유청이 의도한 대로 일이 풀렸다.

"그럴까요?"

손정우가 한결 나아진 안색으로 고갤 끄덕이고 다른 이들도 돌덩이가 짓누르는 거 같은 어깨를 곧게 편다.

다만, 문제는.

"진 공자님이 그렇다면 당연히 그런 거겠지."

언제나처럼, 효과 또한 너무 넘친다는 것.

저를 향한 반짝거리는 시선에 유청의 입안이 바짝 말랐다. 한데 활활 타오르는 불이 이대로 바스라지면 너무 아깝지 않으냐면서 고기까지 구워 먹으려 나서는 이가 있었다.

"그러고 보면, 무림맹의 무림학관에 수련생을 보낸 중소 문파나 가문들도 진 공자님이 도움만 요청하면 당장 나설 거란 얘기가 은근히 퍼져 있었습니다. 동조자가 이렇게 계속 늘어나다 보면, 적하고 정면으로 맞붙어도 지지 않을 수 있을 거 같습니다."

히익!

개방 분타주인 중년 사내의 말에 유청이 헛바람을 들이킨다. 방금 사내가 한 말이야말로 유청이 걱정하는 바가 아닌가.

자신들로 인해 서안의 무림인들이 동요하고, 그로 인해 관과 대립하게 되는 상황 말이다.

절대, 그런 일은 일어나선 안 됐다. 그러니까……

"가자."

"응?"

나채환이 유청을 돌아본다.

"나가자고."

유청이 웃는 낯 그대로 얼굴을 굳힌 채 입술만 달싹였다.

이 모든 난관을 가장 빨리, 확실하게 해결하는 방법은 바로 여기, 이 서안성에서 자신들이 사라지는 거였다.

유청은 정말이지 자신들을 추격하는 관군들보다 자신들을 돕겠다며 달려오는 이들이 훨씬 더 무서웠다.

착한 사람들이 다치는 건 싫으니까.

"지금 당장?"

나채환이 의아한 듯, 한 번 더 확인하자 유청은 주저 없이 고개를 끄덕였다. 채환이 물끄러미 유청을 응시하다 이내 초린대 수하들에게 고개를 돌려 그들에게 눈짓을 했다.

여기저기 아무렇게나 널브러져 휴식을 취하던 이들이 벌떡 일어나 전투를 앞둔 장수의 얼굴을 한다.

돌아가는 분위기가 심상치 않음에 서안성 사람들이 소란스러워졌다.

"진 공자님, 조금 더 상황을 주시하시는 게······."

"금오상단 분들 말씀이 옳습니다. 기다리십시오, 제가 목숨을 바쳐서라도 이곳에서 안전하게 빠져나가실 수 있도록 해드리겠습니다!"

걱정 어린 말들이 여기저기서 튀어나오자 유청이 한 손을 들어 그들의 입을 막은 뒤 게슴츠레한 시선을 보낸다.

"절, 믿으신다면서요?"

어째 방금 뱉은 말을 그렇게 빠르고도 정확하게 즉각 까먹으시나들?

"당연히 미, 믿습니다!"

유청이 말한 결과를.

다만 모두의 노력이 하나가 돼 흐름을 성공으로 이끌어 가는 과정이 동반돼야 한다고 여길 뿐.

개방의 분타주는 유청의 실력을 알지만, 계속 위험이

닥칠 때마다 유청이 뒤에 남아 적을 막길 반복한다면 언젠가 큰일이 날지도 모른다고 생각했고.

금오상단의 상인들에게 유청은, 아무리 위기를 벗어날 천지개벽할 능력이 있다 해도 함부로 밖에 내놓을 수 없는 귀한 존재로 다가왔으니까.

단리혜.

그 이름이 금오상단에서 차지하는 비중은 절대적이었고, 동심회 회주이자 진가장주인 진호철의 둘째 아들 진유청이 그녀의 정혼자라는 건 아직 공식적인 발표만 없었다 뿐이지, 모르는 이가 없는 사실이었던 것이다.

"한 번 더 생각해 보십시오, 진 공자님."

"저는 반대입니다, 그러니……."

서안성 사람들이 너도 나도 고갤 저으며 만류해 대니 유청으로선 혀를 찰 수밖에.

꼭 자신을, 너무 곱게 자란 대갓집 도련님 대하듯 하지 않는가.

찌질했던 과거는 말할 것도 없고, 다시 태어나서는 이전 생애에선 없었던 사랑을 듬뿍 먹고 자라긴 했지만 툭하면 아버님께 머리를 쥐어박히거나 엉덩짝을 두들겨 맞고.

학관에서 북경으로 가출했던 사건 이후론, 이현 형님도 한층 더 엄해지셔 걸핏하면 대련을 빙자한 구타로 유청을 잡지 않았나.

무엇보다, 사실 유청은 이런 위험과 직면한 상황 자체에 너무 익숙했다.

쫓기다, 쫓기다, 또 쫓기다. 그러다 약 오르면 꼬리를 잡아서 자신들을 괴롭힌 원흉을 아작 아작 씹어 주길 반복.

대체 어느 집 귀한 공자님이 이렇게 개싸움을 벌이며 거칠고 지저분한 강호 바닥을 온몸으로 나뒹굴까?

동심회 내부면 저가 벅벅 우기면 결국은 다들 따라주니 여지까지 제 나이보다 큰일을 턱턱 저지르는 데 제어가 없었는데 이렇게 밖에 나오니 좀 다르구나 싶다.

밖에서 보는 자신에 대한 시선을 조금은 엿볼 수 있었다, 랄까.

저들의 마음을 모르는 바는 아니지만 유청 자신은 한 번 죽었다 다시 태어나 사람, 사는 게 참 별거 없는 거라고…….

그러니 큰 욕심 없이 한평생 좋아하는 사람들 웃는 모습 보고 내 웃는 모습을 그들에게 보여주며 살 수 있다면 그게 최고라고.

그러다 편안한 노후를 즐긴 후 고요히 잠드는 거, 그게 가장 바라는 삶이었다.

그것을 위해선 몸을 사리지 않고 달려왔고 앞으로도 그

릴 거고.

유청 자신의 편안한 노후가 왜 무림 평화나 이 나라의 안녕과 직결되는 어이없는 상황에 놓이게 됐는지는 알 수 없지만서도 이제 와 어쩌겠나.

이왕 이렇게 된 거, 계속 뛰어야지.

그러니까 여러분, 이제 그만!

"자꾸들, 잊으시는 거 같은데…… 저 진유청입니다. 그, 진유청이요."

유청이 어깨를 으쓱거리더니 사람들을 일깨워 줬다.

너무 잘난 나를 알아 달라는 게 아니라, 어차피 남의 말은 지독하게 안 듣는 말썽쟁이이니 그냥 순순히 포기해 달라는 뜻.

상인들 중 누군가가 그런 유청을 보고 무언가 떠오른 듯, 소악마 진유청이란 별칭을 중얼거렸다.

그래, 그 말은 왜 안 퍼졌나 했네!

유청이 반색했다.

과연, 악명도 명성이긴 한 모양. 많은 이들이 불러주는 이름엔 힘이 담기기 마련이므로, 그에 따른 영향력이 퍼져 나간다.

모인 이들이 모두 유청에게 호의적이었기에 나쁜 의미라기 보다는…… 적들에게 그런 말을 들을 만큼의 독심과 배짱은 있는 이라는 인식이 되새겨지는 정도였지만.

하여튼, 드디어 정리가 될 기미가 보였다.

나채환이 어깨로 유청을 툭 치며 물었다.

"방법은?"

"정면 돌파."

유청에게 흘러나온 대답이 의외였는지 나채환이 눈을 깜빡거린다.

"너 그런 거 싫어하지 않았나?"

편하고 게으른 거 엄청 좋아하고, 힘들고 고된 정직한 길 별로 안 좋아하는 녀석. 작은 미끼로 큰 물고기 낚을 때 가장 보람돼 하는 게 바로 유청이다.

마음이 나아가는 길엔 절대 꼼수가 없지만, 저와 제 사람들이 걸어가는 길은 조금이라도 피와 땀을 덜 흘릴 수 있도록 샛길도 마다하지 않고 가시밭길 따위 못 본 척 훌쩍 뛰어넘을 수 있는 녀석인 것이다.

한데 이런 상황에서 정면 돌파라니.

오늘 도주하는 와중에도 하지 않았던 선택이자, 녀석의 평상시 행보와 정반대되는 결론이지 않은가.

"응. 여전히, 싫어해."

유청 자신도 부정하지 않았다.

그럼에도 불구하고, 하겠다고 하는 걸 보면 상황이 급작스레 변한 모양. 그 와중엔 정공이 가장 적합한 수인 걸테고.

"뭐, 살다 보면 싫은 것도 해야 할 때가 있는 법이지."

나채환은 꼬치꼬치 캐묻는 걸로 시간을 허비하지 않고 바로 납득했다.

그는 지금 당장 나가자는 유청의 의견이 너무나 마음에 들었으니까, 방법과 수단 따위?

그게 최선이라면, 그걸 최고로 만들면 된다!

생각이 통했는지, 두 녀석이 서로 시선을 마주하며 위아래로 작게 고갯짓을 해 보았다.

第二章

이것이 정공(正攻)이다!

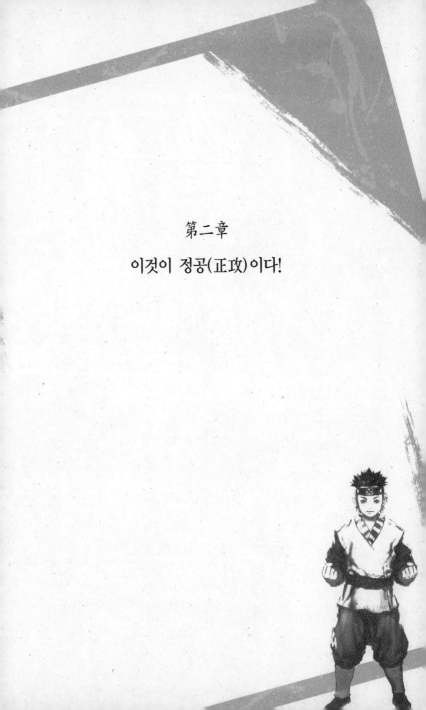

나채환이 서늘하고 긴 눈매 가장자리로 또로록 눈동자를 굴려 유청을 담았다.

"이거냐?"

"가끔 생각하는데, 채환이 넌 말이 너무 짧아."

"부정하는 대신 다른 얘길 하는 걸 보니, 이 무식한 방식이 유청이 네 정공법이 맞는 모양이군."

안타깝게도 말이다.

나채환이 고개를 설레설레 흔들자 유청이 울컥하여 녀석을 향해 눈을 부라렸다.

"넌 어째 드물게 말이 살짝 길다 싶으면 꼭 사람 비위 상하게 하는 얘기더라? 너희 황태자 전하께서는 그런 말씀 안 하시더냐?"

이 녀석이 북경 이가장의 어르신 앞에서가 아니라면, 굳이 똥오줌 가려 가며 성질부릴 놈이 아니지 않나.

아무리 그 번쩍거리는 용 새끼와 함께 있을 때라고 해도 예외는 아닐 터.

"하시지. 날 죽여 버릴까 말까 한 달에 한 번은 꼭 고민을 하게 된다고 말이다."

허어. 한 달에 한 번 목숨이 경각에 달리는 남자라?

긴장감이 가실 날이 없을 테니 심심하진 않아 좋겠다.

그런 말을 당사자 앞에서 서슴없이 하는 황태자나, 그런 말을 듣고도 별반 태도가 달라지지 않는 채환이 이놈이나.

대단했다.

그래, 그냥 대단한 거라고 해두자. 한수에게 너가 제일 이상하다고 빽빽 소리까지 질러준 참인데 이제 와 말을 바꿔선 안 되지, 하지만.

정상의 범주 안에 저를 놓아두려는 유청의 순수한 호의를 나채환이 몰라줬다.

"그런 눈 하지 마라. 난 한 달에 한 번이지만, 유청이 너는 생각날 때마다 기분이 나빠진다고 태자 전하께서 불쾌해 하신다."

왜에? 내가 뭘 어쨌다고!

유청이 뜨거운 콧김을 씩씩 뿜어내다가, 새침하게 턱 끝을 치켜들더니 눈동자를 가늘게 뜬 채로 나채환을 흘겨봤다.

"이 자식아, 사기를 쳐도 정도껏 쳐라! 황태자 전하께서 한참도 전에 본 나를 기억하면 또 얼마나 하실 거고, 설혹 그렇다고 해도 과연 지금까지 날 몇 번이나 떠올리셨을까? 이 년에 한 번? 아님 일 년에 한 번?"

그래 봤자 일 년에 열두 번에 비기겠냐는 듯이 깐족거리는 유청으로 인해 채환이 한숨을 내쉬었다.

"너는 언제 적에 받아 먹지 못한 밥상을 아직도 구시렁대면서 태자 전하께선 왜 그러지 않으실 거라고 자신해?"

"그분은 이 나라의 황제가 될 분이자 엄청나게 무지무지 대단하고 바쁜 사람이고. 그에 비해 난 평생 태자 전하를 뵐 일이 있을지 없을지도 모르는 그냥 평범한 동네 청년이잖아."

유청이 당연하지 않으냐는 듯이 어깨를 으쓱거린다.

"그래, 참 그렇기도 하겠다."

나채환이 뱉은 말의 어감이 묘했지만 유청은 대수롭지 않게 받아쳤다.

"아닌 거 같으냐? 동심회주 둘째 아들이 무슨 굉장한 위치 같아? 그래 봤자 태자 전하께는 자기가 다스릴 나라를 어지럽히는 무뢰배 중 하나로밖엔 보이지 않았을 걸?"

"동심회주의 둘째 아들이 유청이 네가 아니라면 분명 그랬겠지. 그리고 거기서 끝났겠지."

이건 무슨 소리람?

유청이 고개를 갸웃거리자 나채환이 이어 말했다.

"네 생각보다 훨씬 잦은 빈도로 태자 전하께서 널 떠올리신다는 거다."

유청이 눈을 깜빡거리며 저가 들은 걸 이해하려 노력했다. 그리곤 마른침을 꿀꺽 삼킨 다음 조심스레 되물었다.

"그 사람, 나 좋아한데?"

"미친놈."

야멸찬 대답이 돌아오자 유청이 반색했다.

"그치? 아니지? 씨바, 완전 놀라서 쪼그라들 뻔했네!"

환하게 웃은 유청이 양팔을 좌우로 넓게 펴며 신선한 공기를 들이마시다가……

"이 나라의 주인이 될 태자 전하께 찍혀 일 년에 열두 번보다 잦은 횟수로 목숨이 위태로운 건 괜찮은 거냐?"

"커컥!"

유청이 몸을 반으로 접으며 기침을 터트리려 하자 나채환이 얼른 오른손으로 녀석의 입을 틀어막고 속삭였다.

"들킨다."

유청이 그를 노려봤다.

누구 때문인데!

약이 오른 유청이 송곳니를 드러냈다. 녀석의 뼈와 살을 분리해 줄 충분한 의지를 갖고 나채환의 손가락을 덥석 물어뜯으려는 찰나!

유청의 목을 감싼 채 입을 막고 있던 나채환의 오른팔이 스르륵 빠져나간다.

눈치챘나?

유청이 기회를 놓치지 않으려 목을 쭉 뺀 채로 뱀처럼 미끄러지는 나채환의 오른팔을 좇아 입을 쩍 벌렸을 때…… 나채환이 제 왼쪽 손바닥을 유청의 등 뒤에 갖다 댔다.

나채환이 마지막으로 확인한다.

"계획, 그대로 가는 거냐?"

"당연하지. 왜, 무섭냐?"

유청이 되물었다.

그들은 지금, 금오상단의 안가에서 벗어나 쫓아오려는 서안성 사람들을 모두 뿌리치고 성문 앞에서부터 쭉 뻗은 대로변 인근 으슥한 곳에 몸을 숨기고 있는 중.

이제 와 돌아가겠다고 해도 이미 늦은데다, 나채환이 그럴 녀석이 아니란 건 유청이 더 잘 알고 있으니.

"그럴 리가."

나채환의 대답도 예상한 바. 그래서 유청은 재빠르게 상체를 뒤로 비틀어 저를 앞으로 떠밀려는 나채환의 왼쪽 손목을 덥석 잡아챌 수 있었다.

"선두는 양보할게. 지금은 니가 대장이니까!"

친절하게 설명까지 해준 유청이 자유로운 다른 손으로 채환의 앞섶을 단단히 틀어쥔 뒤 두 팔을 번쩍 들어 올렸다. 그리곤 한껏 비틀고 있던 상체를 다시 전면으로 향하며 생긴 반동을 더해 제 손에 잡혀 허공에 떠 있던 채환을 지면에 메다꽂을 기세로 앞을 향해 내던진다.

쉬이익!

채환의 몸이 쏘아져 나갔다.

"어어?"

너무 순식간에 벌어진 일이었기 때문에 초린대와 윤 천호는 멍한 얼굴로 멀어져 가는 채환을 바라본다.

이대로 두면 성문에 처박힐지도 모를 기세로 날아가던 채환이 공중에서 몸을 웅크려 핑그르르 회전을 해 속도를 늦춘 후, 지면에 내려섰다.

자세 좋고, 멋지게. 덧붙이자면, 아주 눈에 잘 띄는 백주대낮 성문 앞 한가운데로.

"뭐, 뭐지?"

"미친놈 아냐?"

성문을 지키고 있던 병사들이 술렁인다.

도지휘사사에서 파견 나온 무관들은 각자 조를 짜서 차출된 병사들과 성내를 훑고 다니니 이곳에 없다고 해도.

원래 있던 병력 자체도 만만치 않은 데다, 성문은 봉쇄됐고 성벽은 높기만 하다. 거기에 더해 궁수들은 성벽 위에서 안쪽으로 활을 겨눈 채 대기하고 있는 상황이니.

아무리 침입자들의 무공이 뛰어나다지만 성문을 열거나 성벽을 타고 오르려 시도하는 건 무리이리.

물론, 그나마 빠져나갈 가능성이 눈곱만큼이라도 있는 쥐구멍들로 머리통을 우겨 넣는 시도를 하면 모를까.

가장 험난한 탈출로가 될 이곳으로 놈들이 올 거란 생각 자체를 애초에 하지 않고 있긴 했지만 말이다.

한데, 왔다.

그것도 무슨 돌팔매질로 날아든 돌멩이마냥 하늘에서 뚝, 하고 떨어져 내렸다.

성문 앞이 고요해진다.

나채환은 저를 향해 꽂히는 날카로운 시선에도 아랑곳하지 않고 정면으로 한 발자국을 내딛었다.

쿠웅!

분명 조용한 한 걸음이었는데, 왜 어깨가 움찔거리고 귀가 멍해질 만큼 커다란 소리가 터져 나온 거 같았을까?

멈칫한 병사들은 자신들이 단 한 명에게 기가 눌렸다는 걸 인정하기가 어려웠다. 그러는 사이 한 걸음, 한 걸음 점점 더 성문을 향해 나채환이 다가가고.

성문경비대장 차경수가 목청껏 외쳤다.

"저놈을 막아라!"

명령이 떨어지자 병사들이 서로 눈치를 본다.

어디서든 먼저 나서는 놈이 빨리 간다는 걸 그동안의 경험으로 아주 잘 알고 있으니까.

"뭐하나!"

저 높은 곳에 있어 혀로 자신들을 죽이는 윗사람보다 등 뒤에서 칼로 쿡쿡 찔러대는 직속상관이 더 무섭다는 것도 모르진 않고.

병사들이 눈을 질끈 감고 칼을 치켜들었다.

"죽어라!"

목에 핏대를 세운 병사들이 나채환에게 달려든다.

카앙!

자신의 머리통부터 쪼갤 듯 찍어 내리는 칼을 쳐낸 나채환이 검을 비스듬히 세워 차후 이어질 대단위 합동 공격에 대비한다.

"우아아아!"

파도처럼 밀려든 병사들이 기합을 내지르며 나채환을 휘감았다.

멀찍이서 그 광경을 지켜보던 유청이 일행에게로 시선을 돌렸다. 다들 여전히 넋을 놓고 있다.

자기들 앞에 멀쩡히 서 있던 나채환이 유청에게 급습당해 성문 앞까지 날아갔다가 꾸역꾸역 밀려드는 관군들에게 파묻히기까지의 일련의 과정이 두 눈으로 보면서도 이해하기 어려울 만큼 충격적이긴 했으니까.

물론 일을 벌인 원흉인 유청은 동의해 줄 마음이 없었지만.

녀석은 오히려 일행을 향해 미간을 찡그리며 물었다.

"뭣들하세요?"

"네?"

조겸이 홀린 듯 되묻는 말에 유청이 고개를 갸웃거리다가 대답했다.

"안 가시려고요? 뭐, 싫음 마시고요."

저런 걸 보고도 아무도 구하러 달려가질 않는 걸 보니 채환이 녀석, 보기보다 인기가 없었나 보다.

역시, 유청 자신밖에 없다는 걸 채환이 녀석이 알아줘야 할 텐데.

유청이 미적거리며 발걸음을 뗀 뒤 아주 천천히 앞으로 나아간다.

쉽사리 멀어질 기미가 보이지 않는 유청의 뒷모습이 어찌나 뻔뻔스러워 뵈는지 남아 있던 이들의 턱이 저도 모르게 아래로 흘러내려 왔다.

"안 되겠다."

손정우가 얼른 나서서 유청의 뒤로 찰싹 따라붙자 윤수일을 비롯해 다른 이들도 우르르 쫓아간다.

"제가 안 간댔어요? 제가 제일 먼저 가려던 사람입니다?"

"누가 뭐랬습니까, 진 공자님?"

"근데 왜 자꾸 사람을 떠미는 건데요, 손 위사님!"

유청이 뒤돌아보며 인상을 썼지만 손정우는 전혀 아랑곳하지 않고 손에 더욱더 힘을 줄 뿐이었다.

채앵, 챙!

나채환은 제 머리 위로 떨어져 내리는 검을 가볍게 쳐 낸 뒤 몸을 뺐다.

그리곤 바로 이어지는 반격!

"으아아악!"

병사들의 비명 소리가 요동쳤다. 개 떼들 사이로 뛰어든 한 마리 늑대가 사방을 헤집는 것이다.

하나 성문경비대장 차경수는 흔들리지 않았다.

놈의 속내를 재보기 위해 일부로 활도 쏘지 않고 시간을 끌고 있는 차가 아닌가.

개가 늑대를 이기지 못하는 건 너무나 당연한 거고. 자신들에게는 늑대를 이길 수 있는 호랑이가 있었으니 두려울 게 뭐 있을까.

아직은 추이를 지켜보느라, 뒤에서 형형히 눈만 빛내고 있지만 결정이 내려지면 바로 전투 속으로 뛰어들 것이다.

그렇기에 차경수는 당장 앞에서 소란을 피우는 청년보다 그 뒤에 숨겨진 목표에 더 신경을 썼다.

정신이 똑바로 박힌 놈이라면 혼자 쳐들어왔을 리가 없을 텐데, 무공을 저만큼 익힌 놈이 제정신이 아니기는 힘들지 않겠나.

현재 성내를 수색 중인 무관들이 무공 좀 익혔다 알려졌거나 적의 탈출에 도움을 줄 능력이 있는 자들을 골라내 먼지를 털고 있으니 설혹 조력자가 있었다손 쳐도 저들에게 도움을 줄 수 있는 상황이 아닐 터.

차경수가 보기엔 궁지에 몰린 적들이 마지막 수단으로 성동격서(聲東擊西)의 계책을 쓰려는 것 같았다.

미끼를 하나 던져 자신들의 시선을 집중시킨 뒤 방비가 흐트러졌을 때 전혀 다른 방향에서 탈출을 시도하려는 거라고 판단한 거다.

그렇지 않고서야 전면은 성벽으로 가로막혀 있고 성내를 수색하고 있는 도지휘사사 소속 무관들이 연락을 받고 달려와 퇴로까지 막으면 옴짝달싹 못하고 중간에 갇혀 몰살당하기 딱 좋은 곳을 진짜로 건드렸을 리가 없지. 게다가……

"저 정도 사내를 내던졌으니, 속아주길 바라는 마음도 이해야 가지만."

차경수는 적들이 너무 무리수를 뒀다 여겼다.

모두의 시선이 집중될 가장 화려한 곳을 고른 건 좋았지만 문제는 이곳으로 온 이는 절대 돌아갈 수 없다는 게 적들의 문제였던 거다.

들은 바에 의하면 인원수가 그리 많지도 않다는데 그걸 또 반으로 나누게 되면 북경까지 가기는커녕 이도 저도 아니게 흩어져 사냥당할 게 뻔했으니까.

그렇다고 그보다 적은 숫자는 보내봤자 눈길을 끌기는커녕, 무슨 속셈이 있는 게 아닌가 하는 의혹만 불러들일 터.

한 명을 보내도 눈에 띄는 확실한 사람을 보내서 이게 미끼임을 알 수 없게 하고, 그 한 명이 주변에 제 일행이 있는 것처럼 행동해 자신들을 속여 넘기려는 수작이었으리라.

도주하며 추격을 뿌리쳐야 할 땐 한 명의 강자보다는 희생양으로 내던질 여러 명의 제물이 더 유용하게 쓰이곤 하지 않나.

무엇보다 황학용의 말에 의하면 적들을 이끄는 우두머리가 둘인 거 같았다 하니 그중 한 명을 버린다 해도 타격이 적을 터. 자기들 딴엔 이게 최선의 선택이라 생각했을 테지.

때맞춰 늑대가 포효했다.

마치 일부러 모두에게 들으라는 듯이 선명하게.

"빨리 안 오고 뭐하나! 성문만 넘으면 서안을 빠져나갈 수 있다!"

제 무리를 부르며 손짓했다.

차경수가 입꼬리를 뒤틀며 옆에 대기하고 있던 전령들에게 말했다.

"뭔가 꿍꿍이가 있는 게 분명하니, 성내를 수색 중인 도지휘사사 무관들에게 이 사실을 알려라. 확실하지 않은 정보로 쉽게 움직이지 말라고 말이다."

주변에 제 무리가 진짜로 있다면 어떤 멍청한 놈이 이런 상황에 그걸 제 입으로 드러낼까.

차경수는 제 추측에 쐐기를 박아주는 확신에 기분이 좋아졌다.

전령들이 흩어져 성문 앞에서 빠져나간다.

병사들의 피해가 신경 쓰일 만큼 커지는 걸 보니 슬슬 호랑이가 나설 순간이 된 듯.

차경수가 몸을 움직여 호랑이에게로 걸어간다.

원래는 도지휘사사에 있던 인물로 만약 황학용과 틀어져 내침 당하지 않았다면 성문경비대장인 차경수는 쉽게 말을 붙이기도 어려웠을 인물.

이제 와 다른 줄을 잡기엔 황학용의 사람이었다는 꼬리표가 너무 길어 외로운 신세가 됐다.

가진 게 많았던 사람은 잃은 것에 대한 아쉬움이 큰 법이고, 가진 게 없어서 사지를 바둥대며 겨우 기어 올라온 인물은 항상 목이 마른 법이고.

그러니 기회를 잡고 싶은 건 그나 차경수나 다르지 않지 않겠나.

차경수는 그에게 빚을 만들어 두는 것도 괜찮겠다 싶었다. 이것은 차경수 자신이 만들어주는 자리니 잘되면 훗날 저를 모른 척하지야 않겠지.

"나서주셔야겠습니다."

차경수의 말에 사내가 나채환을 응시하던 시선을 돌려 그를 바라봤다.

"오오, 드디어 가는군!"

유청이 전령들이 말을 달려 사라진 방향에서 시선을 거뒀다. 그가 기다리던 때가 온 것이다.

"그럼 공자님도 이만 제 발로 걸어가시는 게 어떻겠습니까?"

손정우가 눈가를 파르르 떨며 말했다.

처음엔 손정우가 등을 떠미는 형상이었는데, 어느샌가 유청이 손정우의 가슴팍에 눕듯이 등을 기댄 채로 축 늘어져 버린 것이다.

확 바닥에 내동댕이칠 수도 없는 노릇이고, 어쩌겠나. 손정우는 수레가 돼 유청을 옮겨야 했는데.

"왜요? 힘드세요?"

태연히 물어오는 유청이 얄밉기 그지없었다. 그는 들고 옮기면 옮기는 대로 움직여 주는 평범한 짐짝조차 돼주지 않았으니까!

무슨 수를 쓴 건지 무공을 제대로 잘 익힌 손정우가 그를 부축한 상태에서는 한 걸음을 앞으로 내딛기가 힘들었던 것이다.

그래 놓고 꼭 저런다. 마치 자기는 아무것도 안 했다는 듯 천진한 얼굴로!

손정우가 유청을 잡고 있던 손을 확 놔 버리려는 순간, 윤수일이 그의 옆구리를 팔꿈치로 꾹 찍었다.

가만히 고갤 저어 보이는 윤수일을 본 손정우가 한숨을 푹 내쉬더니 입을 열었다.

"아닙니다. 그럴 리가 있겠습니까, 하하하……."

쾌활하고 유쾌하여 즐겁게 세상을 살아온 손정우의 앞날에 먹구름이 낀다.

세상살이가 그리 쉽지 않다는 걸, 나채환과 함께 죽을 고비를 몇 번이나 넘기면서 배운 게 아니라 유청과 만나 알게 된 거 같다.

피식 웃은 유청이 제 발로 땅을 짚고 서서 손정우의 어깨를 토닥여 줬다.

"많이 참았으니, 한판 제대로 붙어볼까요? 저쪽도 진짜

가 나오는 모양인데요."

게다가 더 뭉그적거렸다간 채환이 녀석이 잔뜩 열받아서 적을 상대하는 게 아니라 이쪽으로 달려와 유청 자신의 머리통을 내리찍을 거 같았다.

봐라, 봐.

지금도 저 쭉 찢어진 눈으로 사납게 이쪽을 힐끔거리며 당장 안 튀어오냐고 윽박을 지르지 않는가.

유청이 가볍게 지면을 박차고 뛰어올라 몸을 날렸다.

그 속도가 어찌나 빠른지 사실 가장 속이 탔던 이는 유청 본인이란 걸 알려주는 듯했다.

"우리도 가지요."

윤수일이 손정우에게 말했다. 손정우가 고개를 끄덕인 뒤 다리에 힘을 주었다.

본격적인 정면 돌파의 막이 오른다.

성문경비대장 차경수는 처음 웬 청년 하나가 늑대 옆에 내려앉을 때까지만 해도 크게 개의치 않았다.

자신들의 허를 찌르기 위해 일부로 이곳을 습격한 척하기 위해 적들이 벌인 수작질에 분칠을 더한 것뿐이라 여겼으니까.

"저러니 진짜배기 같군."

연륜이 없는 다른 이가 성문경비대장이었다면 꼼짝없이 당했을지도 모른다.

미끼 주위에 다른 일행이 있는 척만 하는 게 아니라 실제로 몇 명이 달려와 미끼를 돌보이게 하다니.

누구의 머리에서 나온 계략인지, 정말 대단하다 하지 않을 수 없었다.

차경수가 적이지만 솔직한 심정으로 감탄을 아끼지 않고 있을 때.

"경비대장님, 적들이 몰려오고 있습니다!"

뭐라?

차경수가 눈을 부릅뜬 채로 소리를 지른 수하가 검지로 가리킨 쪽으로 고갤 돌렸다.

"마, 말도 안 돼!"

몰려오고 있다는 말의 어감에 들어맞을 만큼 많은 수는 절대 아니었다. 그러나 입술을 질끈 깨문 차경수는 몸을 부르르 떨 수밖에 없었으니.

기껏 해봐야 몇 명이 아니었으니까.

적은 수라 해도 그게 전부라 할 수 있는, 대충 예상했던 적의 숫자와 비슷한 한 무리가 통째로 성문 앞으로 달려오고 있었다.

진짜 미친놈들인가?

그렇지 않고서야 얼마 되지도 않는 전력으로 어떻게든 빠져나갈 궁리를 해야지, 그걸 여기다 풀어 싸움을 벌인단 말인가?

이길 가능성이라곤 눈곱만치도 없는 곳에!

"예상이 완전히 빗나간 모양입니다."

직속 수하 중 한 명이 비아냥거리는 어조로 뱉어낸 말에 차경수의 얼굴이 와락 일그러졌다.

호흡이 가빠진다.

그가 성벽 위에 서 있는 궁수들을 향해 손을 들어 올리려다 멈칫했다.

자신이 전장에 풀어 놓은 호랑이가 늑대들을 향해 다가가고 있음이 보였기 때문이다.

저 사내에게 빚을 만들어 두려는 계획도 계획이지만, 병사들도 아랫바닥에 혼잡하게 뒤엉켜 있으니…… 궁수들을 움직이는 건 일단 미뤄둬야겠다.

비록 저를 엿 먹이긴 했지만, 결국 적들도 이런 거지 같은 선택을 한 벌을 받게 될 거라는 사실을 되새기며 마음을 달랜 차경수가 눈을 희번덕였다.

과정이 달라졌을 뿐 결과는 같다는 걸, 그는 자신했다.

"크아악!"

베인 상처가 쩍 벌어지며 붉은 피가 뿜어져 나온다. 비처럼 쏟아진 피가 그림자를 짙게 적셨다.

몸을 부르르 떨며 어떻게든 버티고 서서 나채환에게 재차 공격을 감행하려던 병사가 허물어져 제 그림자와 몸을 겹친다.

나채환은 쓰러진 병사에겐 눈길 한 번 주지 않고 검을 든 손을 세차게 흔들어 검날에 묻은 피를 흘려 버렸다.

그냥 두면 살점에서 묻어 나온 기름기와 엉겨 붙은 채 굳는 핏물로 인해 검날이 무뎌지기 때문이다.

그는 한 번 더 같은 동작을 반복한 후 빈틈을 노리고 달려든 다른 병사들을 향해 검을 찔러 넣었다.

다시 반복해 핏물을 떨구는 나채환의 얼굴엔 아무런 감흥도 깃들어 있지 않았다.

"죽어라, 이 살인귀!"

병사들이 원독에 차 외치더니 눈을 까뒤집고 달려들었다. 나채환은 그런 병사들을 향해 제가 해야 할 일을 한다.

나채환이 지나간 자리엔 오직 뜨거운 김이 나는 핏물과 차갑게 식어가는 시체만이 남았다.

오죽했으면 진유청과 초린대가 전투에 끼어들어 나채환을 도와 녀석에게 가해지던 공격을 분산시키자 오히려 죽어 나가는 적의 수가 확연히 줄어들었겠는가.

원래도 손을 쓰기 전엔 한 번쯤 고민할지 모르지만, 일단 손을 쓰기 시작하면 후회하는 법이 없는 나채환이었으니.

비록 명령대로 움직여야 하는 말단 병사들에, 이전엔

한편이었고 이후엔 다시 한편이 될지도 모르는 이들을 상대하는 거지만 자신과 자신의 동료들을 노렸던 손길에 되돌려줄 호의는 없었다.

병사들이 주춤거리며 물러나고, 나채환에게 덤비느니 차라리 유청이나 초린대의 다른 이들에게 머리통부터 들이밀기 시작하자 녀석의 주위만 한적해졌다.

"늑대 새끼가 개 떼들 사이에서 기고만장해 있군."

귓가로 파고드는 싸늘한 목소리는 그래서 더, 나채환을 자극했다.

저놈은 제 의지대로 움직일 수 있을 만큼의 강자인데도 불구하고 나섰으니까.

저만한 이면 황학용의 시커먼 욕심이 저지른 죄를 아예 모르고 달려든 거라고 보기도 어렵지 않나. 그러니 나채환의 입장과 소견으론 아주 질이 나쁜 놈이라 할 수 있었다.

한데…….

"왜? 애송이라 해 기분이 나쁜가, 아니면 늑대라 한 게 기분이 나쁜가?"

뒤이어진 사내의 이야기에 나채환이 눈살을 찌푸렸다.

질만 나쁜지 알았는데, 말도 많다. 한데 보는 눈까지 없는 거다.

자신을 보고 늑대 새끼씩이나 된다니. 우습지 않나?

녀석은 이 이상 저 사내와 말을 나눌 필요를 못 느꼈다.

목덜미를 물어뜯기고 난 후엔 이미 늦었겠지만 그래도 똑똑히 알게 되겠지.

나채환 자신은 미친개라는 사실을!

나채환의 검끝이 사내의 심장을 가리켰다.

카앙!

나채환과 사내의 검이 서로를 가늠했다. 둘은 상대가 만만치 않음을 느꼈는지 조금 더 진중히 자세를 낮췄다.

유청이 두 사람을 보고 고개를 갸웃거렸다.

"무슨 문제라도 있으십니까?"

그 모습을 본 윤수일이 사방에서 짓쳐 드는 공격을 쳐 낸 뒤 유청에게 물었다.

"그냥요. 저가 아직도 개새끼인 줄 아는 호랑이와 저가 진짜로 호랑이인 줄 아는 개새끼랑 붙으면 누가 이길까 싶어서 말입니다."

용호상박(龍虎相搏)까지는 아니어도 막상막하(莫上莫下)는 될 법한 승부 아닌가?

물론 유청은 나채환이 이길 거라는 데에 남궁혁을 걸 수도 있었다. 놈으로도 부족하다면, 제갈영까지 덤으로 얹어서.

유청이 갑자기 미간에 흐릿한 주름을 잡았다.

왠지 안타까워진 거다.

그냥 져주면 안 되냐고 했다간······ 채환이에게 맞아 죽겠지?

윤수일이 쓸데없는 고뇌에 빠져 허우적대는 유청을 일깨웠다.

"지켜보시다가, 결과가 나오면 말씀해 주십시오."

그는 진유청과 길게 이야기를 나누면 저만 괴로워진다는 걸 그간의 경험으로 알아챈 듯.

무슨 얘기인가 의아해하면서도 대충 마무리를 짓고 반대편으로 가려 했다.

정신을 차린 유청이 잰걸음으로 멀어지려는 윤수일의 뒷덜미를 덥석 잡았다.

"에이, 어딜 가려고 그러세요? 이제 슬슬 마무리해야 할 땐데."

이 일에 연관된 건 딱 자신들 만으로, 서안성 내 누군가나 어떤 단체의 도움도 일절 없었음을 보여주기 위함으론 이만하면 충분하지 않나.

도와주는 이가 있었다면 이게 아닌 다른 방법을 찾았을 테고, 도와주러 올 이가 있었다면 벌써 나타나야 했으니까.

자신들이 철저히 고립돼 있다는 게 적나라한 증거가 돼주리.

윤수일이 주변을 살펴보니, 과연.

초린대 대원들이 병사들 사이에서 어지러이 손을 놀리면서도 아주 천천히 표 나지 않게 이동해 성문 쪽으로 한 걸음씩 다가가고 있었다.

"아……."

그의 입에서 작은 신음성이 흘러나왔다. 그리고 보면, 윤수일 자신 또한 그럴 목적으로 이쪽으로 왔던 게 아니던가!

이 정신없는 공자님 덕분에 잠시 잊었지만 말이다.

"뭐, 그럴 수도 있지요. 담부터 잘하면 돼요."

그러니 유청의 다정한 위로는 윤수일에게 그다지 고맙게 느껴지지 않았다.

윤수일 자신은 원래 아주 침착하여, 이런 중요한 때 일과 관련된 실수를 하는 사람이 아니었으니까.

하나, 어쨌든 저가 한 짓을 남 탓으로 돌릴 위인은 못 됐으니.

"앞으론 주의하겠습니다."

덤덤한 목소리와 달리 복잡 미묘한 윤수일의 속내를 알기라도 하듯, 양쪽 입꼬리를 아래로 당겨 엎어 놓은 바가지마냥 입모양을 만든 유청이 시선을 위로 치켜들며 딴청을 피웠다.

유청 하나만 놓고 보면 여기가 치열한 전투가 벌어지고 있는 장소가 맞는 건지 의심스러울 지경.

윤수일이 유청의 등 뒤로 다가오는 남자를 향해 검을 내리꽂으려는 순간, 유청이 왼쪽 다리를 축으로 삼아 뒤돌려차기를 했다.

퍼억!

어깨를 맞은 병사가 휘익 날아갔다가 땅에 처박혔다. 많이 아팠겠지만 그대로 있다가 윤수일의 검에 꿰뚫렸다면 숨이 멎었을 테니 비교할 바는 되지 못하리.

그 뒤로도 비슷한 양상이 몇 번 되풀이되고.

병사들이 만만해 보이는 유청이 결코 그렇지 않다는 걸 느꼈을 쯤, 나채환이 있는 곳에서 큰 웃음소리가 터져 나왔다.

"하하하! 늑대 새끼인 줄 알았더니 호랑이 새끼였구나!"

아, 진짜. 우리 채환이 다 큰 지가 언젠데 저 아저씨 자꾸 이 새끼, 저 새끼 그러는 건데?

소리가 들린 쪽으로 고개를 돌린 유청이 사내를 향해 눈을 부라리다가, 채환과 시선이 마주쳤다.

내가 같이 밟아줄까?

유청이 눈으로 말하자 채환이 고갤 저었다.

녀석은 귀찮다는 듯이, 니 할 일이나 하라며 유청을 향해 손을 바깥쪽으로 내저었다.

"재수 없는 녀석."

그래, 넌 니 할 일 해라. 난 내 할 일이나 하마.

기껏 걱정해 줬더니 돌아온 차가운 반응에 상처 입은 유청이 윗입술을 까뒤집은 채 주먹을 들어 답해 줬다.

나채환이 한눈을 판 순간을 놓치지 않고 사내의 본격적인 공세가 시작된다.

카아아앙!

커다란 소리가 울려 퍼지며 검이 맞부딪칠 때마다 노란 불꽃이 튀어 올랐다.

기세가 사뭇 험악하니 유청은 아까 저가 한 생각 때문에 부정이라도 타면 어쩌나 싶어진다.

일부로 짠 것처럼 딱 맞춰 나채환이 사내에게 일 검을 허용했다.

채환의 어깻죽지에 붉은 피가 은은히 번져 나간다.

유청이 주먹으로 제 가슴을 탕탕 내려치며 말했다.

"이런 씨……! 젠장! 알았다, 알았다고!"

내기 취소다! 내가 이 생불의 마음으로 그놈들 평생 끼고 살 테니까!

지지 마라, 나채환 이 자식아!

동심회에 걸쳐져 있는 사람이 한둘도 아니고, 남궁세가에서 쫓겨난 놈 하나 앞으로 제갈세가에서 쫓겨날 놈 하나 도합 두 입 더 얹어진다고 해서 대수이겠나.

전생의 악연 따위 묻어두기로 했으니…… 그냥 팔자려

니 하고 받아들일란다.

유청이 다짐했다. 녀석 혼자 내기를 걸었다가 취소하기를 반복한 일로 아무도 얻거나 잃은 게 없는데 유청은 제 손으로 지 등짝에 커다란 혹을 두 개나 붙여 놓았다.

정말, 아무도 억지로 시키거나 등 떠민 사람이 없었는데도 불구하고 말이다.

참으로 티 안 나고 보람 없는, 유청의 큰 희생이었다.

대체 뭘 안다는 걸까?

나채환이 유청을 바라보다 또다시 검에 맞을 뻔했다.

어째 도움을 주는 게 아니라 오히려 방해를 하는 거 같은 유청이다.

혀를 입천장에 붙였다 떼어 쯧 소리를 낸 나채환이 앞에 선 사내에게 집중했다.

"늦었다, 애송이!"

미리 준비하고 있던 사내가 검을 강하게 찔러 넣자 나채환이 공격 방향에서 반대쪽으로 상체를 비틀었다. 하지만 딱 손가락 한 마디만큼의 거리가 모자랐다.

스윽!

서늘한 기운이 옷을 베고 뒤이어 불로 지진 것 같은 뜨거움이 느껴졌다.

그나마 원래 목표였던 심장을 비켜나 다행이긴 하지만

상처가 제법 깊었다.

나채환은 피가 뭉클 뭉클 쏟아지는 옆구리의 상처를 손으로 막는 대신, 검을 회수하는 사내를 향해 반격을 가했다.

두 사람의 검이 붙었다 떨어질 때마다 날카로운 쇳소리에 더해진 쩌엉, 쩌엉 하는 울림이 인근에 있던 병사들의 얼굴을 하얗게 질리게 했다.

쏟아지는 살기를 무공이 약한 이들로선 감당하기 어려웠던 것이다.

사내는 집요하게 나채환의 상처를 건드리며 악독한 표정을 지었다.

그 자신도 한때 알아주던 재능의 소유자로 콧대를 높였던 적이 있었으나, 그럼에도 불구하고 저 나이 때 저 정도 수준은 꿈도 못 꿨다.

지금 저만큼 눈부시다면, 훗날은 어떠할까?

나이 들어가는 자신의 시간이 마음에 차지 않는 만큼, 젊고 뛰어난 인재를 보는 눈엔 질투가 가득했고.

예상과는 달리 쉽게 승리하지 못하고 있다는 불안감에 초조해졌다.

눈앞의 호랑이 새끼만 잡으면, 다른 놈들은 오합지졸이 분명한 것을.

결국 사내는 동선을 바꾸다 실수인 척, 제 인근에 서

있던 병사를 나채환 쪽으로 밀어 넣었다.

놀란 병사가 칼을 마구잡이로 휘두른다. 나채환의 검끝이 순간 멈칫했으나 곧 아무 동요도 없었다는 듯이 병사의 배를 관통했다.

병사가 눈을 부릅뜬 채 제 배를 내려다본다.

싸움 중이었으니 얼른 검을 회수해야 했던 나채환이 마주보고 서 있던 병사에게서 검을 빼내려 했으나 뜻대로 되지 않았다.

퍼억!

사내가 병사의 뒤에서 그의 등짝을 발로 찬 것이다.

"크으으윽!"

검에 찔린 상태에서 강제로 더 깊숙이 밀려들어 갔으니 통증이 오죽하랴.

사지를 덜덜 떨며 피를 흘리는 병사의 모습은 참혹하다 못해 무서울 정도였다.

나채환이 발을 들어 병사의 가슴팍을 차 뒤로 밀어내려 했다. 그래야 제 검을 뽑을 수 있으니까.

그러나 사내는 그럴 수 있는 시간을 주지 않았다.

그는 나채환이 검을 잡고서 버티는 있는 힘 때문에 허물어지지 않고 서 있는 병사의 시체를 어깨로 받아 옆으로 나동그라지게 했다.

자연 나채환의 검도 함께 딸려갔다.

나채환이 빈손이 되자 사내가 흰 이를 드러냈다.

녀석은 어떻게든 버티려 했지만 상황이 나빴다. 옆구리의 상처가 점점 더 크게 벌어졌다.

유청에게 도와달라 해야 하나 싶지만 저쪽도 실력이 안되니 수로 밀어붙이겠다는 듯 몰려드는 병사들로 인해 곤란한 모양.

나채환이 눈가를 가늘게 떨더니만 다리에 힘이 풀렸는지 가벼운 공격을 피하지 못하고 균형을 잃은 채 쓰러졌다.

"마지막이다, 애송이!"

호탕한 척, 제 입으로 호랑이 새끼라고 해놓고도 그걸 인정하긴 싫었는지 계속 나채환을 애송이라 부른 사내가 살기로 번들거리는 눈으로 검을 거꾸로 잡았다.

손잡이를 두 손으로 움켜쥔 채 검끝을 바닥으로 향한 사내가 나채환의 심장을 향해 그것을 내리꽂으려는 순간!

촤아악!

나채환이 손끝을 세워 긁어 모은 지면의 흙을 한 줌 손에 움켜쥐고 있다 사내의 얼굴을 향해 세차게 뿌렸다.

"으아아악!"

사내가 비명을 내지르며 눈을 감쌌다.

설마 나채환쯤 되는 놈이 뒷골목 파락호들이라 해도 잘 쓰지 않는 더러운 수를 사용할 줄은 몰랐던 거다.

게다가 그게 철저히 준비해 갖고 다니던 독약 같은 것도 아닌 급조 한 흙먼지들이라니!

나채환은 몸을 벌떡 일으켜 머리로 사내를 받아 뒤로 나자빠트린 뒤 발로 밟았다.

사내가 이를 득득 갈며 외쳤다.

"이 비겁한 놈아!"

"그럼 당신은?"

나채환이 병사를 제물로 쓴 것을 지적한다.

저가 고고한 호랑이인 줄 알았던 개새끼가 본색을 드러냈다.

"내가 한 것은 승리를 위한 전략이고, 네가 한 짓은 천박한 속임수다!"

귀가 썩는 거 같다.

더 들을 필요가 없다 여긴 나채환이 발을 들어 사내의 목을 누른다.

성벽 위에서 아래를 내려다보던 성문경비대장 차경수가 믿을 수 없다는 듯이 몸을 부르르 떨었다.

저 애송이가 호랑이를 잡아먹은 것이다.

아니, 상황만 봐서는 애초에 누가 호랑이였는지부터를 차경수가 잘못 판단하고 있었던 거 같지만.

뭐, 괜찮다. 차경수에겐 두 번째 선택권이 있었으니.

그것도 첫 번째 것보다 훨씬 안정적이고 확실한 결과를

보여줄 수 있는 방법.

"활을 쏴라!"

차경수의 외침에 부관이 그를 말린다.

"병사들이 너무 많이 뒤엉켜 있습니다. 이대로 활을 쏘면 병사들의 피해가 너무 커집니다. 차라리 성내를 수색하러 간 분들이 올 때까지 이대로 버티는 게 어떻습니까?"

원래대로라면, 성문 앞에서 이 정도 사달이 일어났다면 수색을 나갔던 이들도 소식을 듣고 이곳으로 왔을 텐데.

차경수가 미리 전령을 보내 가벼이 움직이지 말고 제자리를 지키란 언질을 한 탓에 아무도 오지 않고 있다.

이제 와 사람을 보내 다시 오라고 하면, 오는 동안 걸리는 시간 내에 적들이 무슨 짓을 더 벌일지 알 수 없는데다…… 차경수가 저지른 과실이 한층 더 부각되지 않겠나.

과정에서 어떤 피해를 입었든 성문경비대 내에서의 일이라면 공(公)과 과(過)를 상쇄해서라도 눌러둘 수 있지만 도지휘사사 무관들과 직접 연관이 되면 차경수의 손을 벗어나게 된다.

차경수는 그 점을 경계했다.

자신의 경력을 여기서 망칠 순 없지 않은가.

"다시 한 번 명령한다. 쏴라!"

차경수가 외쳤다.

사람들은 종종, 실수를 만회하기 위해 실패를 불러들인다. 그게 어떤 결과를 불러올지는 전혀 예상하지 못한 채로.

第三章

문(門)을 넘어서!

쇄아아아아악!

하늘을 뒤덮은 화살을 보는 유청의 낯빛은 그리 좋지
않았다.

혹시나 했는데, 역시나라니.

진유청은 오늘 이 명령을 내린 놈이 누군지 꼭 이름을
알아냈다가 북경에 가서 고자질해야겠다고 결심했다.

무능한 걸 경멸하고, 권리를 누리는 윗사람이 어떤 책
임을 져야 하는지에 대해 잘 알고 있는 어떤 분께 이 이야
기를 들려 드리면 절대 가만있지 않으실 테니까.

"도, 도망치자!"

병사들이 우왕좌왕했다. 성문 앞 넓은 공터를 가득 채

운 무리 중 대부분이 한편인 자신들인데 어찌 저리 아무렇지 않게 화살을 쏠 수 있단 말인가!

그들은 배신감에 치를 떨었다.

파바바박!

화살이 비처럼 내려 바닥에 꽂혔다.

"살려주세요!"

병사들이 성벽 위를 올려다보며 외쳤다. 그 와중에도 짚으로 만든 인형처럼 사람들이 퍽퍽 나자빠졌다.

유청이 초린대 대원 중 몇에게 눈짓을 보냈다.

"어서 갑시다."

녀석이 일을 서두른다. 빨리 하면 할수록 사람이 덜 다치게 되지 않겠나.

나채환이 개 아저씨의 목을 내리누른 순간, 차경수가 두 번째 선택을 한 것처럼 유청의 정공법도 두 번째 단계에 접어들었다.

병사들과 뒤엉켜 싸우며 성벽 인근까지 다가와 있었기에 일행과 성벽의 거리는 그리 멀지 않았다.

유청은 한 발을 뒤로 빼낸 자세에서 상체를 숙인 뒤, 앞을 향해 튕겨 나갔다.

타다다닥!

커다랗게 발자국을 찍으며 빠른 속도로 쏘아져 나간 유청은 그대로 두면 벽에 처박힐 기세로 달리다가 성벽이 얼마 남지 않은 지점에서 몸을 띄워 올렸다.

그리곤 솟구치는 힘이 약해져 몸이 낙하할 때마다 성벽을 발로 내질러 생긴 반동을 이용해 위로, 위로 도약했다.

유청 혼자라면 그냥 날아오를 수도 있었지만, 초린대 대원들에게 방법을 알려주기 위해 제 몸을 통해 보여준 것이다.

유청이 선두로 나서자 초린대 대원들 중 무공이 상위권에 속하는 몇이 몸을 웅크렸다가 튕겨 올려 성벽에 붙었다.

만약 성벽까지의 거리가 먼 상태에서 성벽 위를 공략하기 위해 이런 방법을 썼다간 성벽까지 달려가는 도중 화살을 맞고 큰 피해를 입었을 터.

병사들과 뒤엉켜 밀리듯 쫓기듯 슬금슬금 움직여 성벽 인근까지 이동한 이유다.

물론, 그 정도가 아닐 뿐 현재도 충분히 위험한 상황이긴 했지만 말이다.

"저것들이 성벽 위로 올라오지 못하게 하라!"

성벽 위에서 난리가 났다.

궁사들이 가장자리에 딱 붙어 서서 아래쪽을 내려다보며, 활촉을 성벽과 나란히 겨눴다.

가장 먼저, 높은 곳까지 닿아 있는 유청이 그들의 첫 번째 먹잇감이었다.

쇠쇠쇅!

유청의 머리 위에만 먹구름 한 점이 떠 있는 듯 시커먼 화살이 유청 혼자만을 노리고 달려든다.

하나 상대가 나빴다.

화살이 꿰뚫는 바람이라면, 유청은 바람 위를 노니는 깃털이었으니까.

화살을 피해낸 유청이 성벽을 쌓은 돌 중 툭 튀어 나온 모서리를 콱 움켜쥔 채 대롱대롱 매달렸다.

녀석은 그 상태에서 몸을 앞뒤로 흔들어 크게 반동을 주다가 제 발이 눈높이까지 올라왔을 때 돌에 걸치고 있던 손가락을 풀었다.

유청의 몸이 하늘에 대고 쏜 새총 속의 돌멩이처럼 위로 솟구쳤다.

순식간에 일어난 일이었다.

성벽 위에 있던 궁사들과 성문 경비대는 유청의 몸이 자기들이 서 있는 위치보다 높아지자 저도 모르게 멍하니 시선을 들어 올렸다.

정오를 지나, 해가 가장 강한 때. 밝고 뜨거운 빛이 눈알을 덮자 서서히 감기는 눈꺼풀.

일순 주위가 고요해지며 시야가 좁아진다. 현실이 점점 멀어져 가……

"정신 차려라!"

다그치는 날카로운 외침에 궁수들이 번쩍 눈꺼풀을 들어 올리곤 목표를 향해 겨누고 있던 활시위를 놓았다.

쉭! 쉭! 쉭!

뱀의 혀처럼 파들거리는 화살이 유청을 향해 쏘아졌다. 계속 위로 솟구치던 유청의 몸이 갑자기 정지했다.

녀석이 환하게 웃어 보이더니, 급작스레 낙하를 시작한다.

날아오르던 녀석을 목표로 삼았던 화살들이 허공에서 어지러이 뒤엉키더니 힘을 잃고 바닥으로 흩어졌다.

이번엔 피할 수 없을 거라 여겼던 적들의 기대감을 여지없이 부서뜨린 유청이 성벽 위에 내려섰다.

일순 성벽 위에 있던 모든 이들의 시선이 유청에게 향했다.

만약 해야 할 말이 있다면, 이 짧은 순간을 이용하는 게 최고의 가치를 부여해 줄 거라는 걸 유청은 잘 알았다.

"저기요."

유청이 꼭 집어 궁수들을 가리켰다.

궁수들이 잔뜩 긴장하여 마른침을 삼킨다. 무림인, 그것도 상상을 초월하는 능력을 가진 저 어린 청년이 대체 무슨 말을 하려는 건지 불안했기 때문이다.

서로 무기를 겨누고 있는 사이이다 보니, 좋은 얘기는 아닐 거라 생각했으니까.

한데.

"저한테 그러신 건 괜찮은데요, 아래쪽으로 쏠 때는 좀 살살해 주시면 안 됩니까? 밑에 있는 병사 분들, 어차피 다 여러분의 동료 아닙니까!"

유청에게서 전혀 뜻밖의 말이 흘러나왔다.

궁수들의 얼굴에 곤혹스러운 빛이 감돈다.

그들이라고 왜 그러고 싶겠나. 병사들이나 궁사인 자신들이나 어차피 한 끗 차이로 같은 곳에서 먹고 자고 훈련하는…… 따라지 인생이었으니.

"전투 중 적의 말에 귀 기울이는 놈은 반역죄에 처해 마땅하다!"

궁사들이 술렁이자 차경수가 나서서 동요를 차단하려 했다, 그러나.

"귓구멍이 막혀 있는 것도 아니고, 뚫린 귓구멍으로 저절로 들리는 말을 어떻게 하라고. 그러는 아저씨도 다 들으셨잖습니까?"

저런 건방진!

살면서 저렇게 얄밉게 조잘대는 입은 처음 봤다.

차경수가 눈꼬리로 서늘한 바람이 들어올 만큼 눈을 치뜬 채로 유청을 노려본다.

적이 나타났으면, 알아서 공격을 해야지. 이런 것 또한 대장인 자신이 일일이 지시를 해야 한단 말인가!

불쾌함이 더해진 노기를 버럭 토해내며 공격 명령을 하려던 차경수의 눈에 그를 한층 더 자극할 몇 개의 그림자가 드리웠다.

"진 공자님!"

손정우를 비롯해, 유청을 쫓아 성벽 위로 올라온 이들이었다.

그들은 성벽 위 통로 한쪽을 막아서며 유청을 중심으로 하여 원을 그리고 섰다.

나채환은 날아드는 화살과 성난 파도처럼 요동치는 병사들에게서 다른 일행을 보호하기 위해 동분서주하느라 성벽 아래쪽에 남아 있었으므로 유사시 명령을 내릴 인물로 자연스레 유청을 지목했다는 의미였으니.

아무리 그간 함께한 시간이 있었다 해도, 관에 속한 이들이 내리기엔 쉽지 않은 결정으로 그만큼 유청을 신뢰한다는 거였다.

그런데도 불구하고 유청은 소중히 보호받듯 감싸져 있는 자신의 위치가 별로 마음에 들지 않는 듯.

"전 이런 배려, 아주 싫어한다니까요?"

투덜거리기까지 했다.

"저흰 괜찮습니다."

등을 보인 채 섰던 손정우가 고갤 돌려 유청에게 말했다.

그는 유청이 감동을 표현하기 쑥스러워 괜히 그러는 거라고 여겼지만.

"저는 안 괜찮거든요?"

유청은 즉각 받아쳐 줬다. 자기는 정말, 아니었으니까!

사실 유청이 보기에 이건, 누가 봐도 이 사람이 주요 인물이자 보호받을 대상이라는 걸 알게 할 수 있는 대형으로. 바꿔 말하면, 가장 많은 공격을 당하게 될 위치라는 뜻이었으므로.

하여간 적재적소에 사람 잘 박아서 써먹는 것도 자기들 주인인 황태자를 닮은 모양.

저가 왜 이러는지 모른다는 듯이 눈만 깜빡거리는 걸 보니 구박해 줄 마음도 없어진다.

"왜 그러십니까? 언짢으신 거라도……."

손정우의 물음에 유청이 고갤 저었다.

에휴. 그래, 그쪽들이 먹으면 또 얼마나 먹는다고.

저 딴엔 좋은 의도였던 거 같지만, 진가장에 소림을 갖다 얹으려 들고 무림학관을 통째로 들어 앉혀 유청 자신을 뼈다귀째 통째로 씹어 먹으려 했던 무진이 녀석도 있는데 말이다.

그러니 빙당호로 꼬치에 꿴 과자 빼먹듯이, 쏙쏙 빼서 체하지 말고 잘 씹어 삼키소.

유청은 괜찮으니 신경 쓰지 말라는 듯이 손정우의 등을

팡팡 내려친 뒤 턱 끝으로 자신들에게 살기를 뿜어내는 차경수를 가리켰다.

"저쪽은 저 사람이 제일 맛있는 부분인가 봐요."

"네?"

손정우가 단번에 알아듣지 못하자 유청이 대답 대신, 검지를 제 코에 댔다.

"아아."

알아들은 눈치로, 고개를 끄덕인 뒤 차경수를 향하는 손정우의 눈이 가늘어졌다.

"뭐하나, 공격하라!"

제 지위를 다시 한 번 똑똑히 확인시켜 주는 차경수의 외침과 함께 손정우가 튀어 나가고, 유청은 가볍게 몸을 움직여 궁수들 사이로 난입했다.

"흐익!"

반은 유청 일행에게 활을 겨눈 채 위협하고 나머지 반은 성벽 아래 병사들을 계속 공격하고 있던 궁수들이 기겁을 하며 흩어진다.

"막아라!"

무관들이 달려와 궁수들을 안정시키려 했지만, 유청의 인근에 대기하고 있던 초린대 대원들에게 막혀 나아가지 못했다.

성벽 위가 아수라장이 되자 활 공격이 멈춘 아래쪽은

잠시 소강상태가 됐다.

쏟아지던 화살이 걷히자 병사들이 그제야 겨우 고갤 들고 위쪽을 살폈다.

같이 이리 뛰고 저리 뛰느라 서로 칼부림할 생각도 못 했던 나채환과 초린대가 바로 곁에 있음을 알고 움찔한 이들도 적지 않다.

슬그머니 곁눈질을 하는 병사를 보고도 나채환이 가만히 있자 그가 용기를 내 조금씩 거리를 벌인다.

그래도 나채환은 그를 공격하지 않았다.

다른 병사들도 조심스레 물러난다. 그러다 어떤 이가 스스로를 보호하기 위함인지 아니면 반격을 꾀함인지 품었던 칼을 꺼내 들었다.

나채환이 손에 들고 있던 검을 냅다 던졌다.

푸욱!

바람 가르는 소리와 함께 검이 병사의 발끝에 박혔다. 종이 한 장 차이로 발가락을 피했지만, 놀람은 실제 다친 것 못지않았다.

소리도 못 지른 병사가 하얗게 질린 얼굴로 몸을 떤다. 가랑이 사이가 축축하게 젖었다.

나채환은 이래도 다른 이들을 선동해 칼질을 해볼 테냐 하는 무표정한 얼굴로 경고를 했고, 병사는 미친 듯이 고갤 젓더니 엉기적엉기적 뒷걸음질 쳤다.

병사들을 다독여야 할 하급 무장들도 화살받이가 될 뻔한 건 같은 처지요, 괴물 같은 나채환이 두려운 것도 다르지 않았으니…….

"끄응."

신음 소리와 함께 병사들과 뒤엉켜 멀찍이 물러난다.

나채환이 바닥을 살피다 주인 없이 떨어진 녹슨 검 한 자루를 발견하곤 허리를 숙였다.

이제 그것이 나채환의 검이 될 터.

검을 집던 나채환의 머리 위로 그림자가 드리웠다.

"피하십시오!"

윤중현의 경고가 아니더라도 나채환 또한 이상한 낌새를 느끼던 바. 그래도 녀석은 검을 잡아 갈무리한 뒤 옆으로 정확히 한 걸음 물러섰다.

쿠우웅!

위에서 떨어진 사내가 채환이 서 있던 그 자리에 정확히 처박혔다.

이 정도면 즉사했으리라 여긴 채환이 별 관심을 두지 않고 고갤 돌리려다 입을 뻐끔대는 사내를 보고 눈에 이채가 서렸다.

그러고 보니 피가 튈 줄 알았는데 의외로 다친 곳도 적고?

"녀석이군."

그럴 수 있는 능력과 심성을 가진 이는 아마 여기에 단 한 사람, 유청이 뿐이리라.

　나채환이 고갤 들어 성벽 위를 올려다보니 방금 떠올렸던 얼굴이 바깥으로 삐죽 튀어 나와 자신들을 내려다보고 있다, 친근히 손까지 흔들면서.

　"미안!"

　"그런 건 던지기 전에 얘기하는 거다."

　나채환이 작게 중얼거렸지만, 저 위에 있는 유청에겐 확실히 들린 듯.

　"미안, 미안, 미안!"

　곧바로 목소리를 높인 녀석이 몇 번을 되풀이해 말했다.

　"아, 저 자식, 정말."

　인상을 찡그린 나채환이 재빨리 한 손을 내저어 일행을 뒤로 물렸다. 그리고 바로 하늘을 덮는 검은 물체들.

　이번엔 하나가 아니었다.

　화살비가 멈추니, 거대한 우박이 떨어져 내리는 거 같다.

　쿵, 쿠우웅!

　하늘에서 사람이 떨어져 내려 땅바닥에 처박히니 가뜩이나 어쩔 줄 몰라 하던 병사들이 넋을 놨다.

　이걸 노린 건지는 모르겠지만, 병사들 못지않게 성벽

위도 난리가 나긴 했겠구나 싶은 게······.

유청은 하나를 해도 최소 두 개는 얻어내야 본전은 했다고 말하는 욕심쟁이가 맞는 듯.

아니다. 떨어진 이들 중 죽은 이가 없으니 쌓은 업의 무게를 줄일 수 있고, 죽은 줄 알았던 동료가 살아 있다는 걸 알게 되면 저들의 적대감을 희석시켜 도주를 용이하게 하는 데 도움을 줄 테니 네 개.

훗날 이 일을 들춰 봤을 때 자신들에게 돌아올 비난을 줄일 수 있으니 다섯 개.

이 정도면 평범한 욕심쟁이라곤 할 수 없을 거 같다.

장사를 했으면, 고금제일상인이 됐을지도.

장인 될 분이 천하에서 손꼽히는 상단의 주인이라더니, 유청의 셈하는 능력을 높이 사서 어릴 때부터 사위로 점 찍으셨던 건가?

나채환이 다시금 성벽 위를 올려다봤다.

또다시 한 무리의 우박이 쏟아져 내리고 있었다.

"자, 또 갑니다!"

유청이 몸을 푹 낮추더니 저를 덮치려던 무관의 다리를 두 손으로 덥석 잡아서 달랑 들어 올린 뒤 그대로 성 밖을 향해 휘익 던져 버렸다.

일련의 과정이 어찌나 눈 깜짝할 새에 이루어지는지 당

하는 이는 제 몸이 허공을 유영할 쯤에야 정신을 차리고 뭔가 해보려 들 쯤엔 지면과 조우해야 했다.

죽지는 않을 만큼 바람을 실어 보냈지만 그렇다고 해서 아픔까지 사라지진 않을 터.

일단 제 의지와 상관없이 성벽에서 내려와야 했던 이들은 통증과 상처로 인해 한동안은 운신이 불가능하리라.

"궁수들은 손을 멈추지 마라! 나머지는 성벽 위를 어지럽히는 놈들을 처단한다!"

위에서 내려다보는 편이 전장을 잘 살필 수 있고, 저와 주요 수뇌부의 안전에도 도움이 될 거라 여겨 성벽 위로 올라온 차경수는 완전 똥 밟았다.

진짜 무서운 놈은 땅위에 있지 않았으니까.

"꾸물대지 말고, 어서!"

차경수가 목에 핏대를 세웠지만, 정작 자기도 윤수일과 손정우의 공격으로 인해 궁지에 몰려 있는 상태. 그를 보호하기 위해 병력 중 상당 부분이 할애돼 있었다.

주춤거리던 궁수들이 차경수의 고성에 놀라 활시위를 당겼다.

퉁, 퉁.

시위가 튕길 때마다 한 대의 화살이 쏘아져 나갔고 아래쪽에선 비명이 터졌다.

안쪽으로 파고들어 차경수와 거리를 좁히고 있던 윤수

일이 제 뒤편에 있는 손정우에게 고개를 돌렸다.

손정우는 윤수일이 차경수를 힐끔거리며 눈짓을 하자 고개를 끄덕였다.

손정우의 반응을 확인한 윤수일이 정면을 향하더니 검을 곧추세웠다. 그가 검에 온 힘을 불어넣는다.

콰아앙!

위에서 아래로 내리긋는 검에서 뿜어져 나온 기운이 주변을 뒤흔들었다.

내내 정해진 틀을 벗어나지 않은 공격만 하던 윤수일이 과감하게 나서자 그를 막아서던 이들이 당황했다. 한데 뒤이어 더 놀라운 일이 벌어졌다.

큰소리가 나기 직전, 손정우는 이미 지면을 박차고 달리고 있었던 것이다. 그러다 점찍어 두었던 지점에 발이 닿자 크게 발을 굴로 공중으로 뛰어올랐다.

그때 큰소리가 남과 동시에 주변의 시선이 다 윤수일에게 향했을 시점.

앞을 향해 쭈욱 날아가던 손정우는 힘이 떨어지자 서서히 내려섰고, 바로 그곳에 윤수일이 서 있었다.

급작스런 공격으로 주위의 적을 밀어냈던 윤수일이 재빨리 제 어깨를 내어준다. 손정우는 윤수일의 어깨를 재도약의 발판으로 삼아, 다시금 솟구쳐 올랐다.

타앗!

손정우가 다시금 몸을 띄워 긴 포물선을 그렸다. 그가 검을 쥔 손에 힘을 꽉 준 채 눈을 부릅뜬다.

점점 더 차경수의 얼굴이 커졌다.

"안 돼!"

차경수가 양쪽에 있던 수하들에게 손을 뻗어 그들의 옷자락을 비틀어 쥔 채로 팔을 나란히 앞으로 붙여 저를 가로막게 했다.

하나 윤수일이 어찌 만들어준 기회인데 그걸 놓칠까.

카아앙!

몸의 무게와 날아가던 힘을 더해 전력으로 내려친 일검은 강력했다. 손정우가 사선으로 내리그은 검에 차경수에 의해 앞에 나서게 된 두 사내의 몸이 통째로 날아간 것이다.

혼자가 된 차경수의 목에 가볍게 검을 갖다댄 손정우가 다가오려던 무관들을 노려봤다.

윤수일이 얼른 다가와 손정우 옆에 나란히 서서 함께 적들을 경계한다.

손정우가 팔꿈치로 윤수일을 툭, 건드렸다. 잘했다는 뜻이다.

윤수일은 주변 정황을 살피느라 바빴고, 여전히 무표정했다. 손정우도 예전에 비해선 약간 덜해졌지만 여전히 딱딱한 구석이 많은 윤수일에게서 어떤 답을 기대하진 않았다.

한데.

"으응?"

진유청이 있는 곳을 확인하던 손정우가 윤수일을 돌아봤다.

분명, 어깨를 가볍게 미는 힘을 느꼈는데?

저를 빤히 바라보자 윤수일이 물었다.

"왜 그러십니까?"

"아, 아무것도 아닙니다."

손정우가 고개를 갸웃거리면서도 일단 대답했다. 뭐라 설명할 게 없었기 때문이다.

윤수일이 그런 손정우를 일별했다. 그의 입가가 흐릿하게 말려 올라가 있다.

저가 언제 그랬냐 싶게 미소를 지운 윤수일이 시선을 다시 정면으로 향하는데…… 헉!

"두 분 사이가 많이 좋아지신 거 같아서 다행입니다."

언제 다가온 건지 유청이 제 코앞에 얼굴을 들이민 채로 저를 빤히 바라보고 있는 게 아닌가!

하마터면 칠 뻔했다.

아십군.

윤수일이 묘한 표정을 지으며 반쯤 들어 올렸던 제 주먹을 힐끔거리자 유청이 고갤 저었다.

녀석은 두 손으로 윤수일의 치켜 올린 주먹을 잘 덮어 내리누른 후 원래 있던 곳으로 돌려보냈다.

"진 공자님, 어떻게?"

뒤이어 손정우도 유청을 발견하곤 놀라 눈을 크게 떴다.

그래요, 나예요, 나. 헤어진 지가 얼마나 됐다고 이렇게들 반가워하실까?

이제 겨우 한 식경(食頃)이나 지났을까 싶은데 말이다.

사실 윤수일과 손정우는 온통 적들로 둘러싸여 있는 이곳에 유청이 아무런 기척도 없이 그림자에서 튀어나온 것처럼 불쑥 나타난 것에 놀라 그러는 건데 유청이 제멋대로 환영의 의미를 부여했다.

손정우를 향해 장난스럽게 콧잔등을 찡그린 유청이 그 다음 한 것은 인질로 잡혀 있는 차경수에게 관심을 갖는 거였다.

"이름이 뭐예요?"

"너희가 지금 무슨 짓을 하고 있는지 아느냐! 나라의 녹을 먹는 관리를 어찌 이리 대할 수가 있단 말이냐!"

"에이, 칼부림까지 하며 서로 볼장 다 본 사이인데 이제 와 무슨 그런 말씀을 하세요. 저도 친하게 지내자는 게 아니라, 그냥 이름이나 석 자 가르쳐 달라는 거구요."

유청이 차경수의 어깨 위에 내려앉은 먼지를 털어주듯

손바닥으로 탁탁 치며 말했다.

잘 알아뒀다 황태자에게 고자질할 예정인데 자신의 계획을 알기나 한 듯 입을 안 연다.

책임자이자 성문경비대장이란 건 아니까 그건 넘어가도록 하고, 그럼 그 대신…….

"성문 좀 열라고 해주실래요?"

유청의 말에 차경수가 눈가를 파르르 떨며 욕설을 뱉었다.

"미친놈!"

뭐, 순순히 열어줄 거란 생각은 유청 자신도 안 했다.

유청이 자신들을 향한 포위망을 좁히고 있는 무관들을 눈으로 훑었다.

책임자인 차경수가 인질이 되자 잠시 고민하는 거 같았지만, 뿜어져 나오는 살기의 농도로 보건데…… 아무래도 이 아저씨, 버림받을 거 같다.

살릴 마음이 있다면 죽일 수도 있는 놈들 앞에서 저렇게 자극을 줄 만한 행동을 할 리가 없었다.

이왕 이렇게 된 거, 뒤늦게라도 수습을 해보려는 건가?

하긴, 이만큼 큰 난리가 났는데 성문까지 제 손으로 열어주었다간 훗날 받을 문책이 두렵긴 했을 듯.

"부장님, 어찌하면 좋겠습니까?"

다가오는 이들 중 많은 이가 선두에 서 있는 한 사내의 의중을 살핀다. 이미, 유사시에 책임자를 대신해 상황을 주관할 만한 인물을 마음에 두고 있었던 모양.

유청은 빤히 읽었지만, 일부로 물었다.

"자기들 상관을 이대로 버릴 작정이세요? 고민하는 척도 한 번 안 해보고요?"

"나라의 녹을 먹는 관리로서, 그분께서도 기꺼이 희생하실 것이다."

사내의 말에 희생해야 할 당사자인 차경수의 이가 절로 빠드득 갈렸다.

사내는 아까 예상했던 대로 일이 안 풀리느냐고 비아냥거려 차경수의 비위를 건드렸던 직속 수하로 원래도 상성이 잘 맞지 않던 이였다.

명백한 윗사람이 있는데도 저가 더 나서려 드니 어느 윗선이 곱게 보아줄까.

그래도 쳐낼 명분이 없어 그냥 두고 보았더니 이렇게 중요할 때 차경수 자신을 크게 엿 먹인 거다.

차경수를 더 충격받게 한 건 그런 놈에게 동조하는 이들이 많다는 거. 자신의 편인 줄 알았던 이들조차 슬그머니 시선을 회피했다.

"아저씨, 세상 잘못 사셨나 봐요."

유청이 꼭 짚어 확인시켜 주지만 차경수에게선 더 이상의 반응이 나오지 않았다.

극한에 닿은 수치심이 이게 자신이 경험하고 있는 현실인지, 자신이 왜 이런 꼴을 당해야 하는지에 대해 믿을 수 없고 인정할 수 없게 만들었기 때문.

화가 꼭지까지 차올라 터지기 직전으로, 오히려 현실감이 멀어진 상태란 소리다.

유청은 차경수를 인질로 삼아 적들이 주춤거렸을 때를 놓치지 않고 모여든 초린대 대원들을 살폈다.

함께 성벽 위로 올라온 이들 중 다친 이는 있어도 보이지 않는 얼굴은 없어 다행이다.

"슬슬 갈 때가 됐네요."

유청이 제 일행에게만 들릴 정도의 목소리로 한 얘기가 차경수에겐 지옥의 부름으로 다가왔다.

갈 때라니. 대체 어디로?

설마 차경수 자신도 가야 하는 건가?

휘이익!

때마침 성벽 아래쪽에서 기운을 실은 긴 휘파람 소리가 들려온다.

차경수도 눈치가 있어, 이게 위에 있는 동료들을 부르는 적들의 신호란 걸 느낄 수 있었다.

그러니 얄미운 인상의 청년이 제 어깨를 덥석 잡았을 땐 정말 심장이 덜컥 내려앉는 거 같았다.

무슨 험한 일을 겪을지 모를 제 앞날이 걱정됐던 차경

수가 잔뜩 몸을 움츠리고 있자 그의 귓가로 청년의 목소리가 들려왔다.

"다음에 또 봐요, 아저씨."

뭐?

놀란 차경수가 고개를 번쩍 드는 것과 동시에 유청이 차경수의 어깨를 잡았던 손을 떼어 그의 등에 대고는 강한 기운을 뿜어냈다.

퍼엉!

차경수의 몸이 활처럼 휘며 공중으로 떠올랐다.

"대, 대장님!"

전혀 예상치 못했던 상황에 적들이 당황했다. 차경수를 받기 위해 저도 모르게 뻗었던 손을 다시 움츠리지도 못하고 애매한 표정으로 얼굴만 찡그렸다.

유청은 그 사이를 놓치지 않고 적들에게 파고들어 가볍게 한 바퀴를 쉭 돌고 왔다.

물론, 원했던 사람을 두 팔에 꼭 안은 채로.

"놔라! 이거 못 놓겠냐!"

"왜요, 부장님? 대장님을 구하기 위해서 이 정도 희생은 당연히 하실 줄 알았는데. 아니었던 거예요?"

유청이 차경수를 대신해 책임자 역할을 맡을 뻔했던 사내가 했던 말을 고스란히 되돌려 줬다.

유청은 차경수가 대치한 채 서 있던 맞은편의 제 수하

들 손에 구해져 바닥에 처박히는 꼴불견을 면하고 부축을 받아 몸을 일으키는 것까지 확인한 뒤 일행에게 눈짓을 했다.

윤수일과 정한수를 선두로, 하나둘 성벽 가장자리를 밟고 올라가 아래로 몸을 날린다.

여기까지 올라올 능력이 있던 이들이니, 내려가는 것도 걱정하지 않았다.

함께 올라왔던 대여섯 명의 일행 중 이제 성벽 위에는 유청과 녀석의 손에 잡힌 사내 하나만 남았다.

몸을 바로 한 차경수가 유청을 직시했다.

그의 눈동자가 흔들렸다. 방금까진 분명 차경수 자신이 저 청년의 손에 붙들려 있지 않았던가.

"대체 왜……?"

이런다고 해서 자신이 고맙다며 성문을 열어줄 리는 없지 않은가.

무엇이든 의심하고 상황을 짜 맞춰 풀어 나가길 좋아하는 차경수지만 유청의 머릿속에 뭐가 들었는지는 짐작조차 가지 않았다.

유청은 그런 차경수를 향해 빙그레 웃어 보이더니 성벽 가장자리에 등을 기댄 채 발바닥으로 바닥을 탁 차올렸다.

자연, 상반신이 뒤로 밀리며 발이 하늘을 향해 올라간다. 유청의 몸이 거꾸로 뒤집히자 녀석에게 잡혀 있던 사내가 비명을 내질렀다.

"으아아악!"

두 사람의 몸이 쏜살같이 아래로 떨어져 내렸다.

나채환이 유청을 돌아보다 그의 손에 잡혀 있는 사내를 보고 턱짓을 했다.

"그건?"

"아, 같이 두면 내가 기껏 풀어준 아저씨가 횡액당하게 될 거 같아서 말이야."

이 사내와 다른 수하들은 차경수를 배신하지 않았나. 유청이 차경수를 풀어주면 껄끄러울 게 자명했으니.

어떻게든 일을 치러 차경수를 없애려 들 텐데 그럼 유청이 분란을 유도하기 위해 일부로 풀어준 보람이 없지 않은가.

그래서 유청은 차경수를 압박할 구심점이 될 사내를 쏙 빼왔다. 아무리 급박해도 고만고만한 이들끼리 모여 책임자인 차경수를 칠 음모를 꾸미긴 어렵겠지.

차경수도 당장 무슨 일을 벌이긴 무리일 테고.

서로 어쩔 수 없이 손발을 맞추면서 속에 가시를 숨긴 참이니 조금만 지나도 금방 탈이 나리라.

"하여간, 무서운 녀석."

나채환이 혀를 내둘렀다.

유청은 성벽 위 동향을 살핀 후 대충 상처를 손으로 덮어 수습하는 것 같은 기미가 보이자 얼른 닫힌 성문 앞으로 갔다.

똑같은 전투를 되풀이할 마음은 없었으니까.

게다가, 아무리 차경수가 전령을 보내 성내를 수색하는 이들에게 신중하게 움직이라 당부를 했다 해도 이 정도 난리라면 계속 좌시할 리가 없었다.

그들이 와서 후방을 틀어막는 건 상관없지만, 성문을 열고 도주하는 자신들의 뒤로 즉각 따라붙어 새로운 추격대로 편성돼는 건 저어하는 바다.

그럴 만한 여지는 절대 주지 말아야 했다.

성문 앞에서 자릴 잡은 유청이 크게 호흡을 들이마셨다 내쉰 후 기운을 끌어올렸다.

바람 한 자락, 풀 한 포기, 그리고 흙냄새 포실한 한 점의 기운이 모이고 모여 유청에게 힘을 빌려준다.

유청을 휘감은 청량한 기운이 소용돌이치며 위로 솟구쳤다. 유청이 오른손을 번쩍 들었다가 공을 던지듯 앞을 향해 뿌렸다.

거대한 창이 된 소용돌이가 손의 궤적을 쫓아 그대로 성문을 향해 돌진한다.

콰아앙!

아직 모자랐다. 커다란 성문이 부서질 듯 흔들렸지만

열리진 않았다.

유청이 다시 한 번 마음을 다잡으며 양팔을 벌……리려다 아직까지 제 왼손에 잡혀 있는 사내를 발견했다.

사내는 반쯤 입을 벌린 채로 굳어 있었다.

제 상관이 어려움에 처하자 그걸 기회 삼아 잡아먹으려들었을 만큼 독기 있고 성격이 강한 평소의 그로 본다면 남 앞에서 이런 꼴을 할 리가 없지만 살다보면 어쩔 수 없는 상황이란 건 언제나 존재하는 법이니까.

본능이 이성을 덮어 줄줄 흐를 때 말이다.

지금 같은 경우엔 본능이 침으로 화한 것 같았다.

유청이 왼팔을 흔들어도 떨어지지 않는 게 완전히 넋을 놓은 듯.

녀석이 난감해하자 사내와 안면이 좀 있었던 윤중현이 다가와 그를 떼어내고 조겸이 옆에서 도왔다.

한층 홀가분해진 유청이 성문 공략을 재차 시도한다.

"쏴라, 쏴!"

설마 성문이 부서질까 싶었다가 휘청거리는 문짝과 거기서 전해온 진동이 성벽 위를 뒤흔들자 깜짝 놀란 외침이 쩌렁쩌렁 울려 퍼진다.

쏴아악!

소낙비 내리는 소리와 함께 화살이 하늘을 덮었다.

아까와는 비교도 안 되게 줄어든 기세지만, 다치는 이

는 다치고 죽을 이는 죽을 것.

그 대부분이 저들과 한편인 병사들이라는 게 안타까울 뿐.

유청이 입술을 질끈 깨물더니 성문을 향해 두 손을 뻗었다. 정면으로 날아간 두 줄기 기운이 동시에 성문을 강타했다.

쾅! 쾌앙!

굉음과 함께 단단히 잠겼던 문이 바깥쪽으로 튕기며 활짝 열렸다.

우수수 피어올랐던 먼지가 잦아들고 시야가 확보되자 잠시 전장이 고요해졌다.

화살마저 힘을 잃어 제대로 날아가지 못하고 툭툭 떨어져 바닥으로 나뒹군다.

나채환조차 조금은 놀랐는데 유청만이 아무렇지 않았다.

"가요, 빨리!"

유청이 일행을 재촉해 앞으로 나아간다.

자신들이 나갈 길이 문(門) 너머로 보였다.

그렇게 일행이 문을 넘기 직전, 자신들의 등 뒤로 달려오는 한 무리가 느껴졌다.

나채환이 눈을 가늘게 뜨더니 검을 쥔 손을 가볍게 흔들며 뒤를 돌아보려 했다.

유청이 녀석을 말리며 옆으로 물러난다.

왜 이러나 하는 얼굴이면서도 나채환이 가만있자, 자신들이 비켜난 공간을 밟으며 병사들이 스쳐 지나갔다.

"뭐지?"

"뭐긴, 우리 잡으러 오는 거지."

"저게?"

나채환이 자신들을 본 척도 하지 않고 성문 밖으로 뛰어 나가 사방으로 흩어지고 있는 병사들을 가리켰다.

"그럼 어쩌니. 저분들도 살아야지. 우리한테 덤비면 채환이 니 손에 죽을 거고, 반대편으로 도망가서 성내에 숨어들려 했다간 눈 돌아간 자기네 상관한테 죽을 텐데."

유청의 말대로였다.

벌써 성 안쪽으로 도망가려 했던 병사들 중 몇이 본보기 삼아 화살에 맞고 쓰러진 차였으니.

그렇게 유청 일행이 별다른 제지 없이, 혹은 있더라도 크게 문제될 거 없이 문을 넘으려 하자 성벽 위에선 난리가 났다.

화살이 마구잡이로 쏘아졌다.

아직 선택을 내리지 못해 이러지도 저러지도 못하고 유청 일행 인근에서 기회를 엿보던 병사들이 비명을 내질렀다.

그들은 결국 앞서 성 밖을 빠져나갔던 동료들을 떠올리

고 그들을 쫓아 내달렸다.

가만히 앉아 화살에 맞거나, 당장 달려들어 칼에 맞느
니 일단 도망쳤다 후일을 기약하는 게 낫다고 여긴 거다.

병사들이 우르르 내달리고 유청 일행도 그들과 섞여 문
을 넘어섰다.

성벽 안쪽을 겨눴던 활촉이 빙글 반 바퀴를 돌아 원래
등을 보이고 있던 성 밖으로 옮겨졌다.

파바바박!

발뒤꿈치로 화살이 날아오자 병사들의 속도가 더 빨라
진다.

그나마 성안에 갇혀 있을 때와는 달리 도망갈 곳이 사
방에 펼쳐져 있다는 게 다행이라면 다행.

"저분들 덕에 우리 흔적이 덮여서 나중에라도 추격대들
이 쫓아오려면 고생 좀 하겠지?"

그러게 아저씨, 작작 괴롭히지.

하나 할 수 있는 사람한테 둘까진 근성으로 해보라고
할 수 있는 거지만 셋을 하라는 건 괴롭히는 거고 넷을 하
라는 건 죽어보란 거잖아?

한데 아저씨는 병사들에게 열을 하라고 등을 떠밀었으
니 파탄이 나지, 안 나겠어?

"안 돼에에!"

유청과 일행은 물론 병사들까지 점점 멀어지자 차경수

가 성벽 위에서 두 손으로 머릴 쥐어 싸맨다.

그가 쌓아온 모든 것들이 단번에 무너져 내리는 소리가 귓가로 울려 퍼졌다.

第四章

그때, 무림맹에선!

"끄응!"

권오현은 미간을 잔뜩 찡그린 채 앓는 소리를 냈다.

힐끔, 녀석을 바라본 남궁혁이 다시 침상에 누워 잠을 청하려 할 때.

"흐으으응."

다시금 들려오는 기괴한 신음.

남궁혁이 베개를 집어 들더니 냅다 권오현을 향해 내던졌다. 아무리 남궁혁이 유청에겐 쥐 잡듯 잡히는 처진 신세라곤 하나 명색이 거대세가의 공자님으로 아낌없이 베풀어지는 특혜를 누렸던 이다.

보통에 못 미치는 자질이라도 쓸 만하게 만들어줄 요건

이 충분했는데 제 형 남궁민에 미치지 못할 뿐, 꽤 괜찮은 편이었던 남궁혁인 것이다.

그러니 저를 향해 날아오는 베개를 두 눈 빤히 뜨고 보면서도 피하지 못한 게 꼭 권오현이 모자라서만은 아니란 뜻.

퍼억!

얼굴에 정통으로 베개를 얻어맞은 권오현의 몸이 휘청거렸다. 코가 얼얼했다.

"저, 저기요?"

"왜?"

방금 무슨 일이 있었냐는 듯, 남궁혁의 뻔뻔한 얼굴이 권오현에게로 향했다.

제 얼굴을 후려쳤던 베개를 손에 든 채 어정쩡한 자세로 서 있던 권오현이 결국 반격 의지를 상실했다.

"아, 아무것도 아닙니다."

고개를 휘휘 내저은 권오현이 베개를 품에 안아 두 팔로 꼭 감싸 안고서는 다시 방 안을 빙글 돌려는 찰나.

남궁혁이 깔려 있던 이불을 손으로 더듬다가 침상 모서리를 덥석 움켜쥐는 걸 발견하곤 흠칫한 권오현이 둥실 떠오르던 발바닥을 조용히 바닥 위에 내려놓았다.

그리곤 마치, 원래부터 그러려고 했다는 듯이 정신 사나운 행동을 멈추고 자세를 바로 했다.

어색한 티가 팍팍 났지만, 남궁혁은 더 이상 마음 쓸 생각이 없었다.

어차피 남궁혁 자신과는 전혀 상관없는 일 아닌가.

이 이상 신경 쓸 일만 만들지 않는다면, 그걸로 됐다.

한데, 권오현이 둥그러니 파인 손톱 위 살 부분에 작게 일어난 상처 하나를 자꾸 반대 방향으로 쓸며 잡아당긴다.

살짝 뜯어져 벌어진 상처는 뻗은 부분으로 단번에 힘주어 뜯어내야 아프지 않고 덧나지 않는 건데, 봐라.

남궁혁이 침상에 모로 누워 두 눈을 내리감고 난 뒤 얼마 후, 다시 방 안을 서성거리는 인기척이 느껴졌다.

자꾸만 자극해 오는 거다. 그게 의도했든 그렇지 않든 간에 계속.

남궁혁이 몸을 뒤척여 경고하자 권오현이 얼른 입을 연다.

"미, 미안합니다!"

하지 말아야지 했건만 저도 모르게 그만.

이번엔 뭘 던지려나?

적어도 아픈 건 아니었으면 좋겠는데…….

권오현은 저가 껴안고 있는 베개를 진즉 남궁혁에게 돌려줄 것을 하고 후회했다.

그러면 날아올 게 최소한, 부서진 침상의 파편일지도 모른다는 두려운 상상은 하지 않아도 됐을 테니까.

초조하게 남궁혁의 동향을 살피던 권오현의 눈에 의아함이 서렸다.

남궁혁이 너무 조용하지 않은가. 마치, 자고 있는 것처럼.

부스럭거리는 걸로 제 불편한 심기를 표현한 게 바로 전이었는데, 설마 진짜 자나?

권오현은 까치발을 하고 슬금슬금 다가가 목을 쭉 빼고 남궁혁을 내려다봤다.

두 눈을 꾹 내리감은 채 평온해 보이는 얼굴이었지만.

"으악!"

권오현은 갑자기 눈꺼풀을 들어 올려 저를 빤히 올려다보는 남궁혁의 시선에 그만 놀라 비명을 내지르며 나자빠졌다.

방 안이 쩌렁쩌렁 울린다.

"하다하다 별짓을 다 하는구나."

남궁혁이 어이가 없다는 투로 싸늘하게 중얼거리더니 상체를 일으켰다.

잠이 싹 달아났다.

모든 책임은 너에게 있다는 듯 행동하는 남궁혁으로 인해 권오현은 아주 조금, 억울했다.

"그건, 그건 남궁 공자님께서……."

"내가, 뭘?"

"저를······."

"그래서 내가, 뭘?"

놀라게 해서 이렇게 된 거 아니냐는 반박을 꿀꺽 목구멍으로 삼킨 권오현이 고개를 설레설레 저었다.

말해 뭐할까. 다 다시 돌아올 게 뻔한데.

길게 숨을 내쉰 권오현이 몸을 일으켰다. 밖에 나가 있는 게 낫겠다 싶었다.

문가로 향하는 권오현의 등 뒤로 남궁혁의 목소리가 들려왔다.

"새끼 잃은 짐승도 아니고. 그렇게 끙끙거리면서 정신 놓고 있을 바엔, 동심회로라도 뛰어가 보던가."

권오현도 그러려고 하지 않았던 건 아니다.

동심회든 근래 학관을 책임지고 있는 사부님에게든, 누구든 붙잡고 얘기하고 싶었다. 하지만······.

"제갈세가의 공자님께서 제갈세가로 돌아가신 건데, 누구에게 무슨 말을 할 수 있겠습니까."

제갈영이 억지로 끌려갔다 해도 그건 제갈세가 내의 문제로 타 문파나 가문이 상관할 수 없는 문제였을 텐데, 녀석은 제 발로 걸어가기까지 하지 않았나.

사실 따지고 보면 원래 저가 있어야 할 자리로 돌아간 것뿐인데 가뜩이나 이 일 저 일 바쁜 어르신들 앞에서 소란을 피울 수도 없는 노릇.

무엇보다 권오현을 움츠러들게 한 건, 자신이 뭔가 하려는 걸 제갈영이 바라고 있을까 하는 데 있었다.

잘 나가는 가문의 직계 혈통을 이은 제갈영이 뭐 아쉬운 게 있다고, 하방도 아니고 초라한 상방 오호에서 권오현 자신이 주는 과자나 얻어먹고 유청이에게 구박이나 당하며 희희낙락했을까?

혹시 지금쯤, 자기가 왜 거기서 그렇게 구질구질하게 지내고 있었을까 하고 후회하고 있을지도 몰랐다.

저를 돌아보는 권오현의 얼굴에 드리워진 짙은 음영을 물끄러미 보던 남궁혁이 입을 열었다.

"알면 다행이군. 난 아직도 네가 제갈세가의 직계 혈통인 그를 애송이 취급하며 제 손에 쥐고 흔드는 재미에 빠져 현실을 돌아보지 않고 있는 줄 알았다."

정이란 하잘것없는 감정을 내세워 제 머리 위에 있는 이에게 우습지도 않은 동정심을 베풀 수 있는 오만을, 미처 깨닫지 못하고 있는 줄 알았다는 의미.

남궁혁은 곧 권오현에게서 터져 나올 반응을 기다렸다.

가진 게 얼마 없으니 기껏 남은 푼돈어치 자존심이라도 세우고 싶다면 적반하장으로 화를 낼 것이고, 아직도 제 주제를 모른다면 웃어넘기며 부정한 뒤 모르는 척 덮어두려 하겠지.

그도 아니라면…… 어찌할까?

남궁혁이 보기에 권오현은 최소한, 거짓말을 하거나 아는 바를 모른다고 할 위선적인 놈은 아니었다.

지켜봐 온 결과 그 정도는 된다고 여겼다. 그러니.

꼴사납게 자책하며 눈물이나 찔끔거릴지도.

하나 시간이 흘러도 남궁혁이 생각했던 상황은 펼쳐지지 않았다.

뭐지?

의아함이 깃들기 시작한 남궁혁의 눈에 머릴 긁적이는 권오현의 모습이 비쳤다.

제 예상 중 어느 하나와도 맞지 않는, 다른 얼굴로.

"남궁 공자님은 자길 좋아하는 사람을 싫어할 수 있으십니까?"

뜬금없는 걸 물어왔다.

남궁혁이 눈가를 찡그리며 의아한 기색을 내비치자 권오현은 성질 급한 그가 무슨 소리냐며 성질을 부리기 직전, 하던 말을 이었다.

"남궁 공자님이야 워낙 대단한 분이시니 좋아해 주는 이도 많고 따르는 이도 많아 별로 감흥이 없겠지만요. 전 진짜 아니거든요?"

손사래를 치며 고개까지 탈탈 흔드는 모습에서 진심이 느껴졌다.

꼭 그래서만은 아니었겠지만, 남궁혁도 부정하진 않았

다.

어쨌든 사실 아닌가.

"그야 그렇지."

스스로도 인정한 명백한 진실에 대해 남이 동의한 것뿐인데 왜 얼굴이 찌그러지려 할까?

권오현은 애써 표정을 폈다.

"네. 그러니까 영이가 제 눈에 얼마나 귀여워 보였을지 아시겠지요?"

진심과 진심이 닿은 거뿐이다.

제갈세가에서 바깥으로 내도는 제갈영의 처지를 불쌍해하고, 그럼에도 거대세가의 직계 혈통이 별 볼일 없는 권오현 자신을 따르는 데에 우월감을 느껴 휘두르려 들고……

그런 적은 한 번도 없었다.

권오현 자신이 다른 건 몰라도 그간의 경험으로 인해 주제 파악 하나는 확실한 사람인데, 어찌 남을 그것도 제갈세가의 공자님을 동정할 생각을 할 수 있겠나.

천부당만부당(千不當萬不當)한 발언이었다.

제갈 공자라며 일부러 거리감을 두던 권오현이 어느새 으레 그러듯 제갈영의 이름을 친근히 부른다.

며칠 전, 갑자기 상방 오호를 떠나 제갈세가의 식솔들이 머무는 곳으로 간 제갈영의 마지막 얼굴이 눈에 밟혔다.

"근데 왜 의심하지?"

남궁혁의 목소리가 귀에 파고든다.

의심이라니?

단번에 이해가 안 됐던 권오현이 미간을 찌푸리다 이내 아아, 하고 눈을 크게 떴다. 한 번 더 곱씹어 보자, 머릿속을 복잡하게 어지럽히던 상념이 일시에 걷힌 덕분이다.

자신이 그랬듯, 영이 또한 그랬다면 뭘 고민한단 말인가.

자신이 아는 제갈영은 제 가문을 좋아하지 않았고, 권오현 자신에게 아무 말없이 며칠씩이나 자릴 비울 아이가 아니었다.

하니 친구로서, 그 아이를 아끼던 형으로서 가서 물어보자. 네 의지로 거기 있는 거냐고.

그리고 아니라고 하면 데리고 오자.

예전에 저가 얘기했던 대로 제갈세가에 제자리도 없고 쓸모도 없는 존재라면…… 말이다.

누가 뭐래도 제갈영은 학관에선 제법 괜찮은 수련생이었고, 권오현에겐 귀여운 동생이었다.

"고맙습니다!"

권오현이 남궁혁을 향해 외치더니, 후다닥 상방 오호를 뛰어 나갔다.

"대체 뭐라는 거야, 네깐 게 뭘 할 수 있다고."

혼자 남은 남궁혁이 인상을 쓰며 투덜댔다. 다른 때였다면 방해자가 사라져 한가로이 낮잠을 청할 수 있게 됐다는 사실만으로도 만족했을 텐데.

몸에 힘을 쭉 뺀 채 상체를 뒤로 넘긴 남궁혁이 예상보다 딱딱한 침상과 부딪쳤다. 가장 충격이 센 곳은 바로 뒤통수.

"베개는 좀 놓고 갈 것이지."

나직하게 혀 차는 소리가 들리더니, 남궁혁이 스륵 팔을 들어 올려 손으로 눈 위를 덮었다.

처음으로 제갈영이 부러웠다.

자신에겐 한 명도 없는 것. 그나마 다른 놈들과는 달랐던 사도진마저 거부한 그것이 제갈영에겐 있었다.

"아……!"

잰걸음으로 바삐 가던 권오현은 돌려줄 기회를 놓친 베개가 여전히 품에 안겨 있음을 그제야 발견하곤 당황했다.

목적지에 거의 다 온 판에 돌아가기도 애매하고, 이 꼴로 제갈세가에 들어가기도 뭐한 상황.

그렇다고 버리기엔, 돌아가자마자 바로 제 베개의 행방을 추궁해 올 남궁혁을 진정시킬 방법이 없었으니.

"어디다 잠시 뒀다가, 나올 때 찾아가야겠군."

가장 나은 결정이었으나 마땅한 장소가 눈에 띄지 않았다.

손가락을 박아 넣은 채 제 머리를 쑤석거리며 고민하고 있던 권오현의 코끝에 향긋한 분 냄새가 느껴졌다.

눈을 드니 맞은편에서 저가 있는 곳을 향해 다가오고 있는 이가 담긴다.

권오현이 바짝 긴장했다.

아름다운 얼굴은 사람을 홀릴 듯 매혹적이지만, 가시의 날카로움이 칼날과도 비길 바가 아니라는 여인이었던 탓이다.

권오현을 바라보는 여인의 시선에 이채가 서렸다.

여인은 그를 그냥 스쳐 지나가지 않았다.

"뉘신지 모르겠지만, 제갈세가에 볼 일이 있으신 모양입니다?"

"잠깐…… 만날 사람이 있어서……."

"그러십니까? 누군지 말씀해 주시면 제가 불러 드리도록 하지요. 아, 제 소개가 늦었습니다. 저는……."

"알고 있습니다. 얘기 많이 들었습니다."

제갈미미. 제갈 가주의 총애를 받는 직계 혈족 중 한 명이자 남궁세가의 대공자인 남궁민의 아내 되는 여인이었다.

제갈영이 어찌나 욕을 해댔는지, 저 웃는 얼굴 뒤에 천

만 가지 속내가 있을 거 같단 생각에 등줄기가 오싹해진
다.

제갈미미는 억지로 입꼬리를 말아 올리고 있는 게 분명
한 눈앞의 청년과 시선을 마주하며 일이 재미있게 됐다
여겼다.

가문 내에서 모자라다 따돌림당하고 겉돌기만 하던 제
갈영을 정착하게 한 사람이라.

"누구에게 어떤 얘기를 들으셨는지는 모르겠지만, 좋은
이야기였기를 바라요."

그녀는 빤히 알면서도 모르는 척, 넘어갔다.

아는 것도 모르는 척 덮어두어 얼굴을 맞대고 있는 동
안에는 우아한 웃음이 사라지지 않게 하는 것도 정파에
속한 이로서의 미덕 아니겠나.

물론 퀴퀴하니 썩은 냄새가 나는 습성 따위를 미덕으로
받아들일 능력이 전무한 권오현으로썬 어찌할 바를 몰라
대답을 회피한 채 쭈뼛거리며 서 있을 수밖에 없었지만.

"가시지요."

제갈미미가 마치 제 집처럼 안으로 들어서며 권오현을
안내했다.

권오현이 괜찮다는 듯이 고갤 저었지만 제갈미미는 물
러서지 않는다.

"생각해 보니, 할 일이 있었는데 잊고 있었습니다. 저

는 볼일을 본 후 다시 올 테니 신경 쓰지 않으셔도 됩니다."

이렇게까지 말했으니 아무리 제갈미미라 해도 떨어져나갈 수밖에 없으리라.

제갈영의 말마따나 제갈미미가 그리도 끔찍한 여자고 그 아이를 싫어한다면…… 녀석에게 좋은 일을 할 리가 없지 않나.

권오현도 바보가 아닌 이상, 제갈미미가 정말 자신을 모른다곤 생각하지 않았다.

거대 문파, 그것도 제갈세가에서 여자로서 이름을 알린 제갈미미 아닌가.

권오현 자신이 특출해서가 아니라, 제갈영의 곁다리로서 학관의 새로운 실력자로 대두된 강일언의 유일한 제자로서의 위치를 생각하면 바로 답이 나왔다.

다만, 문제는…….

"제 호의를 거절하는 분은 흔치 않은데 말입니다. 역시, 아무리 고운 꽃도 시간이 지나면 꽃잎은 시들고 향기는 연해지는 모양입니다. 새삼 세월의 무게가 가슴을 짓눌러 아무래도 오늘은 편히 잠들지 못할 듯싶으니 누군가 분풀이할 대상이라도 찾아보아야겠습니다."

제갈미미의 기가 너무 세다는 것.

히이익!

권오현이 헛바람을 들이키며 제갈미미를 곁눈질했다.

뭇 사내들을 손끝으로 부리던 찬란한 미모가 시들어 권오현에게 괄시를 당했다 투정부리는 거치곤 여전히 사람들의 시선을 잡아끌 만큼 출중한 외모를 지닌 그녀가 독사처럼 징그럽게 느껴졌다.

그녀가 오늘 밤 분풀이를 할 대상이 누구일지에 대해서까지 생각이 미치니 더욱더.

"저는 폐를 끼칠까 봐 그러했던 겁니다만, 정말 괜찮으신 거라면 부탁…… 드, 드리겠습니다."

반쯤은 울고 싶은 마음으로 권오현이 말했다.

냄새 나는 짐승의 쩍 벌린 입 속으로 제 발로 걸어들어가는 기분이 이럴까?

괴로운 심정에 불을 붙이려는 심산인지, 제갈미미가 눈가를 새치름히 휘며 소곤거렸다.

"이미 제 속은 상할 대로 상할 터인데. 들어 드릴까요, 말까요?"

권오현이 눈을 빛내며 자신에게 온 마지막 기회를 놓치지 않기 위해 바쁘신 것 같으니 이만 물러나겠다고 하려 했지만……

"농입니다. 뭘 그리 실망하십니까? 제가 청을 거절할까 봐 마음 졸이기라도 하신 겁니까?"

선수를 친 제갈미미로 인해 허사가 됐다.

자신을 갖고 노는 게 확실했다!

평소의 권오현이라면 여자에게 욕을 하는 일 따위는 상상도 할 수 없겠지마는……

저 나쁜 년!

저도 모르게, 권오현은 자신이 아는 한도 내에서 가장 험한 말을 입 속으로 굴렸다.

"어서 오시지요."

앞장선 제갈미미가 뒤를 돌아보며 손짓했다.

이대로 줄행랑을 치고 싶다는 간절한 바람과는 달리 권오현은 어쩔 수 없이, 뇌줄 듯 풀어줄 듯 치고 빠지는 솜씨가 특출한 제갈미미에게 꿰어 제갈세가의 처소로 들어갈 수밖에 없었다.

그 시각, 소가주 제갈건의 집무실에선.

"밖으로 나도는 것도 정도껏 해야지. 어찌 한 번을 먼저 들르지 않는 게냐?"

제갈건의 목소리가 들려왔다.

딱히 책망하거나 질책하는 어조가 아니었음에도 불구하고, 무릎을 꿇은 채로 고개를 푹 숙이고 있던 제갈영의 작은 몸이 흔들린다.

제갈건은 못 본 척 무심한 어조로 말을 이었다.

"가주님께서 따로 네게 분부하신 일이 있어 바빴던 건

알고 있으니 됐다."

"그, 그건……!"

방바닥만 뚫어져라 노려보고 있던 소년, 제갈영이 얼굴을 번쩍 들었다.

녀석이 맞은편의 제갈건과 눈을 마주하니 그는 한 점 의심이나 의혹도 없는 얼굴을 하고 맞받아친다.

그래, 이게 바로 저 사람의 무서운 점이었다.

제갈영 자신은 가주의 명령에 응한 적이 없는데, 저 사람은 이미 그걸 기정사실화해 버린 뒤 결과에 대한 보고를 기다리고 있는 것이다, 그것도 진심으로!

만약 아무것도 고하지 않으면, 존장의 명을 거역한 것에 더해 그간 기본 도리라 할 수 있는 문안 인사조차 제대로 드리지 않은 일에 대한 죄가 더해져 벌이 늘어날 게 분명했다.

이 일을 어쩐다?

갑작스런 소환 때문에 이곳으로 돌아오긴 했으나 보고할 것도 할 마음도 없었던 차에 따로 부르지도 않으시니 그냥 현 상황을 유지하며 침묵을 지키던 중이었다

당장이라도 학관으로 돌아가고 싶었으나, 그러려면 세가의 어르신들을 뵙고 자신을 부른 연유를 묻고 확인하는 과정을 거쳐야만 했기에 꾹 참고 있었다.

어차피 이렇게 시간만 죽이며 계속 버틸 순 없을 거란

건 알았지만 그럼에도 그렇게 했다.

할 수 있는 게 얼마 없으니 하늘을 손바닥으로 가리는 시늉이라도 해야 하지 않겠나.

제갈영의 복잡한 내심을 읽고 있는 건지 제갈건은 묵묵히 녀석의 입이 열리기를 기다렸다. 그런데.

"후우……."

중간에 작은 한숨이 터져 나왔을 뿐.

고요한 침묵이 지속된다.

이것이 바로 제갈영의 거절임을 제갈건이 모를 리 없었다.

"후회하지 않겠느냐?"

제갈영은 직계의 혈통이라 하나 가문 내에서 귀이 여겨지는 아이가 아니었다.

가문의 이름을 빛낼 사내아이로 머리가 특별히 뛰어나거나 무공에 자질을 보이지도 않았고, 제갈미미처럼 여아로 미모를 뽐내다 정략혼의 도구로 톡톡히 값어치를 하지도 못했으니.

그런 제갈영이 제 핏줄에 걸맞은 행동으로 세가에 보탬이 될 수 있는 마지막 기회마저 놓아 버린다면 그 끝이 과연 어떨까?

최소한, 저 작은 머리로 생각할 수 있는 한도 내는 아닐 거라고 제갈건은 자신했다.

왜냐하면 그렇게 되도록 만들 사람이 바로 자신이었으니까.

그러니 한 번 더 묻겠다.

다른 때완 달리 자비를 베풀어 줄 터이니. 잡지 않으면, 안 된다.

네게 지워질 짐이 더욱 무거워질 테니까.

"다신 돌아올 수 없게 되더라도, 네가 세가의 일원으로 누렸던 모든 걸 회수하더라도. 상관없느냐?"

저를 꿰뚫는 싸늘한 시선에 제갈영의 낯빛이 창백해졌다.

학관에선 떽떽 소릴 지르며 제갈세가의 공자란 걸 감투 삼아 신경질을 부리고 제 하고 싶은 대로 행동했지만 사실 녀석은 원래 낯가림이 심하고 소심한 성격으로, 이런 상황을 유연하게 넘길 만한 배짱이 없었다.

한데, 말이다.

"각오하고 있습니다."

이번엔 조금의 지체도 없이 대답했다.

유청 형님의 말씀대로 어영부영 넘어갈 수 있는 때는 벌써 지나 버렸고.

처음부터 마음이 갈 곳은 정해져 있었으니까.

다만 언제 그걸 드러내야 할지에 대해 고심했던 것인데……

제갈건이 먼저 선을 긋기 시작하니 제갈영도 단단히 매듭을 짓는 걸로 끝을 맺는다.

같은 피가 흐르고 있으면 가족이 될 수 있다. 하나, 그게 단 하나의 조건이라곤 할 수 없지 않은가.

저를 필요가 없으면 언제라도 잘라낼 수 있는 혹 정도로 보는 이들이라면 제갈영 자신 또한 그럴 수 있다.

괜찮다.

이젠 혼자가 아니니까. 잘하지 않으면 인정해 주지 않고, 뒤처져도 손 내밀기는커녕 오히려 발을 걸어 찬 바닥에 자빠트리는 그런 경쟁 구도 속 달리기 상대가 아니라, 진짜 가족을 만났으니까.

상방 오호를 떡하니 차지하고 앉아 있는 남궁혁이 우리 둘 다 가문에서 버림받은 쭉정이요, 같은 처지니 잘 지내 보자 조소를 보낼 때마다 자신은 아직 아니라며 바락바락 우겼던 거. 이젠 못하겠다.

그게 가장 아쉬웠다면…… 제갈영 자신이 왜 이런 선택을 했는지에 대해 세가의 어르신들도 조금은 이해해 주실 수 있을까?

물론, 아니었다.

퍽!

수박 쪼개지는 소리와 함께 제갈영의 이마에서 피가 터져 나온다.

눈앞을 가리며 얼굴을 축축하게 적셨던 검은 물이 붉은 물에 씻겨 내려가 바닥으로 뚝뚝 떨어져 내렸다.

제갈건이 진하게 갈린 먹물이 담겨 있는 벼루를 통째로 집어 던진 것이다.

"그럼 죽어라. 가문의 이름을 더럽히기 전에!"

지금 당장!

근래 제 뜻대로 되는 일이 없어 쌓인 노화가 한번에 폭발한 것 같이 광포한 제갈건의 외침에 제갈영은 가슴이 바닥에 닿을 만큼 납작 엎드린 채 바들바들 떨었다.

그럼에도 용서를 빌거나 저가 뱉은 이야기를 번복하진 않았다.

녀석의 뒤통수를 내려다보던 제갈건이 몸을 일으켜 벽에 걸려 있는 검을 향해 손을 뻗다가 멈췄다.

그리고 문 밖을 향해 시선을 돌렸다. 제갈영은 이미, 바닥에 이마를 댄 상태에서 눈동자만 굴려 바깥을 주시하고 있는 중이었다.

"소가주님, 아가씨가 뵙기를 청합니다."

인기척과 함께 들려온 보고에 제갈건이 혀를 찼다.

발아래 있는 거나 한 발 건너 있는 거나.

요즘 아이들은 천방지축으로 존장의 말을 우습게 알기 일쑤. 크게 혼이 나봐야 정신을 차리겠지.

"함께 온 손님은 누구라더냐?"

무공이 약하다고 해도, 이 정도 가까이에 있는 이들의 기척 정도는 읽을 수 있었다.

제갈건의 물음에 대답한 건 하인이 아니라 조금 떨어져 있는 곳에서 기다리다가 어느새 문 앞으로 다가온 제갈미미 본인이다.

"영이가 아주 반가워할 사람입니다."

그녀는 권오현에 대해 잘 모르는 척했던 걸 당사자 앞에서 손바닥 뒤집듯 쉽게 바꾸면서도 전혀 거리낌이 없어보였다.

"그래?"

제갈건이 제갈영의 기척을 읽으며 일부로 더 호응하는 기색을 띤다.

친숙하고 다정한 기운이 있지 않아야 할 곳에 있어 설마, 설마 했건만 역시!

제갈영은 손끝을 세워 손톱으로 바닥을 긁어내리다 주먹을 말아 쥐었다.

손등 위로 푸른 힘줄이 두드러진다.

드드득.

제갈영의 뒤쪽으로 걸어간 제갈건이 직접 문을 여는 소리가 천둥처럼 울려 퍼졌다.

아, 안 돼!

벌떡 몸을 일으킨 제갈영이 문 앞에 서 있는 제갈건을

옆으로 밀치며 밖으로 뛰어나갔다.

"어? 영아?"

권오현의 눈이 휘둥그레졌다.

"여긴 왜 왔어? 학관 수련생 나부랭이가 마음대로 드나들 수 있을 만큼 제갈세가의 문턱이 낮은 줄 알아? 어서 돌아가!"

며칠 만에 보는 건데 인사를 대신해 차갑게 쏘아붙이는 녀석의 얼굴은 기괴했다. 먹물과 피로 얼룩진 채 잔뜩 일그러진 표정이 슬퍼 보인다.

권오현이 뭐라 입을 열기 전.

"기껏 찾아오신 분께 너무 무례하구나. 영이, 네 손님이 아니라면 내가 모셔가도 되는 거니? 요즘 학관에 재미있는 일이 많다 하니 이런저런 이야기를 들어보고 싶구나."

둘의 대화에 불쑥 끼어든 제갈미미가 사근거리며 권오현에게 달라붙는다.

원래 제갈미미가 다정다감하거나 애교가 많은 성격은 아니었다. 지금은 제갈영을 괴롭히기 위한 최적의 방법을 사용하기 위해 꾸며내는 것일 뿐.

필요할 때는 언제라도 다른 가면을 바꿔 쓸 수 있는 여자가 바로 제갈미미였다.

제갈영은 권오현이 저 마녀의 손아귀에 잡힌 이상, 쉽

게 빠져나가긴 글렀다고 여겼다.

혹시나 해서 오현이 혼자라도 빠져나갈 틈을 만들어 봤지만 바로 막히지 않았나.

에휴, 그러게 왜 여기까지 와서.

어련히 알아서 제 발로 갈까. 게다가 보물이라도 되는 것처럼 품에 안고 있는 저 볼썽사나운 베개는 또 뭐고?

진짜 가지가지 한다, 권오현!

제 머리 위로 섬뜩하게 떨어지던 선연한 살심을 느끼면서 어쩌면 돌아가지 못할지도 모른다는 생각 분명, 했었음에도 제갈영은 색색빛깔 얼룩으로 가려진 얼굴이 뜨거워질 만큼 화를 냈다.

하지만 단순히 화만 난 건 아니었다. 그보다 훨씬 많이 기뻤다.

얼마나 반가웠는지, 목이 졸려 있다가 숨 쉴 구멍이 확 뚫린 것처럼 신선한 공기가 훅 밀려 들어왔다.

멈춰져 있던 머릿속이 팽팽 돌아갔다.

만약 유청 형님이라면, 이런 상황에서 어떻게 행동했을까?

어려운 일이 생기니 자연스레, 제갈영 자신이 가장 닮고 싶고 동경하는 이를 대입하게 됐다.

아마 유청 형님이라면, 심술궂게 눈을 빛내며 제 할 말다 해서 상대방 속을 완전히 뒤집어 놓은 뒤 유유히 제 갈 길로 가 버렸을 테지.

덤으로 권오현까지 아무 일 없이 옆구리에 펜 채로 말이다.

그 모든 게 충분히 가능할 능력과 더러운 성질, 철면피 신공까지 지녔으니 어렵지 않을 것이다.

세상 모든 게 저절로 길을 열어주는 거 같은 그를 떠올리니 마음 한편이 가벼워졌다.

무슨 일이 생겼을 때, 훗날 화끈하게 복수해 줄 사람이 있다는 게 얼마나 큰 위안이 되는가.

마지막 눈 감기 전, 자신을 궁지로 몰아넣은 적들에게 두려움을 비치는 대신…… 두고 봐라! 너희는 나보다 더한 꼴을 당할 것이라 비웃음을 남길 수 있을 거란 상상만으로도.

다만 문제는, 나중에라도 그렇게 되기 위해선 일단 여기 있는 권오현부터 상처 하나 없이 빼내야 한다는 것.

잘못해서 오현이 다치기라도 하면, 유청 형님 성질상 제일 먼저 복수 대상이 되는 건 제갈세가나 이가연합이 아니라 이 일의 원인이자 가장 가까이서 녀석을 지킬 의무가 있었던 제갈영 자신이 되리라.

으으. 한편일 땐 더없이 든든하지만, 적이라고 생각하면 바로 소름부터 돋는 이가 유청 형님이었으니.

그나마 그간의 정이 있는 제갈영 자신에게 진짜 나쁜

놈들한테 해야 할 걸 똑같이 퍼붓지는 않겠지만 약간의 가감 정도론 죽었다 살 거, 그냥 죽을 만큼 힘들다 살아나는 정도의 차이밖에 없을 터였다!

생각하다 보니, 진짜 무서운 사람은 따로 있구나 싶다.

제갈영이 얼굴선을 타고 흘러내려 턱에 맺혔다 뚝뚝 떨어지는 붉고 검은 물을 손등으로 슥 닦아낸 후, 제갈미미를 노려봤다.

가주나 소가주보다 자신을 더 무서워하던 제갈영의 변화에 제갈미미가 코웃음을 쳤다.

그래 봤자 네가 제갈영이지.

제갈미미가 제갈영에게 압박을 주려는지 권오현 옆으로 한 발자국 성큼 다가가려는 데.

"혼인도 하신 분께서 아무리 동생뻘 되는 이라 하나, 다른 가문의 사내에게 너무 스스럼없이 대하시는 거 같습니다."

제갈영이 성큼 걸어가 둘 사이에 자릴 잡아 경계를 만들며 권오현을 제 등 뒤로 숨겨냈다.

"내게 그런 소릴 지껄이다니, 많이 컸구나…… 영아."

그녀의 다정한 목소리가 과거를 떠올리게 해 더 끔찍했다.

제갈영은 필사적으로 아무렇지 않은 척하려 애쓰며 입을 열었다.

자신과 오현이를 이 늪지에서 빠져나가게 해줄 동아줄!

제발 이게 썩은 동아줄이 아니기를…….

유청 형님, 제게 힘을 주세요!

속으로 부르짖은 제갈영은 슬쩍 발뒤꿈치를 떼어 까치발을 하더니 제갈미미의 귓가에 얼굴을 대고 속삭였다.

"그때 감숙성에서 무슨 일이 있었어?"

제갈영은 일순 시간이 멈춘 줄 알았다.

숨을 들이마신 제갈미미가 아무것도 뱉어내지 않았으니까.

잠시 후가 돼서야 그녀는 스르륵 눈동자만 굴려 제갈영을 곁눈질한다.

그리고.

"무슨 말이야? 감숙성이라니. 감숙성이 왜?"

덤덤한 척 입술을 달싹여 되물어 오지만, 누님.

이미 늦었어.

"나가서 마저 얘기하는 게 어때? 소가주님 앞에서 굳이 끄집어내고 싶다면야, 난 상관없지만."

더 할 얘기 따위야 당연히 없었다.

제갈영 본인이 아는 것도 딱 거기까지니까. 정보를 준 유청 또한 그 이상은 모른다 했고 이게 정확히 먹힐지도 확신할 수 없다 했고.

제갈영은 단순히 이걸 빌미 삼아 제갈미미를 협박해 그

녀가 자신과 권오현을 이곳에서 구해주면 그걸로 만족했다.

한데 제갈미미는 계속 발뺌한다.

"어차피 난 모르는 일이지만, 영이 네가 뭘 알고서 지껄이는 소리라고도 생각지 않는다. 이 상황을 모면해 보려 되도 않는 걸 갖다 붙이려 드는 거겠지."

"난주는. 그럼 난주는, 기억해?"

감숙성의 성도인 난주.

제갈영이 진짜 마지막 패를 던졌다. 이것도 안 먹히면 큰일인……데. 다행히 감숙성에 이어 난주의 지명이 제갈영의 입에서 흘러나오자 제갈미미의 눈가가 파르르 떨렸다.

계속 모르는 척한다고 될 일이 아니란 걸 깨달은 거다.

그녀는 붉은 입술이 탁한 핏빛으로 변할 때까지 짓씹느라 제갈영이 안도의 한숨을 내쉬는 걸 알아채지 못했다.

"그 일이 알려지면 너와 내 싸움에서 끝나지 않아. 제갈세가와 남궁세가의 동맹이 깨질 수도 있다."

맞은편에서 자신들을 내려다보는 제갈건의 눈치를 살피며 제갈영에게만 들릴 정도 소리로 속삭이는 제갈미미는 진심인 듯했다.

그러니, 젠장.

우리의 유청 형님께선 정말이지 필요 이상으로 엄청난

똥을 물어다 주신 거였다!

밟는 것도 싸는 것도 큰 걸로만 골라 하더니, 남한테 던져 주는 것도 이렇게 거대할 줄이야!

제갈영의 낯빛이 파리해졌으나 원체 더러워져 있어 티가 나진 않았다.

"……그, 그 일을 들출 생각은 추호도 없어. 오늘 우릴 도와주기만 하면 앞으로 다시는 그 일을 입에 담을 일이 없을 거야."

"그래?"

"응. 그래."

제갈영 자신이야말로 아주 간절히 원하는 바다. 어쩌면 제갈미미보다 더.

당사자야 뭔 일이 있었는지 알 테니 밀어닥칠 폭풍의 크기를 짐작이나마 하겠지만 자신은 상상 속에 그리며 계속 무서워해야 하지 않나.

"너희 사이가 그렇게나 좋아진 줄 몰랐구나."

제 눈앞에서 저를 무시한 채 제갈영과 제갈미미 두 사람이 속닥거리는 모양새를 제갈건이 불쾌해하는 게 당연했고, 그런 오해를 불러일으킬 만한 장면임을 인정도 했지만.

저 얘기를 꺼낸 상대가 제갈건이라는 게 제갈영을 긁었다.

"원래는 좋지 않았다는 걸 아시긴 하셨나 봅니다."

제갈미미는 다른 이들에겐 안 그러면서 제갈영만을 눈엣가시로 여겨 남몰래 괴롭혔다.

가뜩이나 기가 약했던 제갈영을 완전히 꺾어 버린 것이다. 그렇다 보니 다른 아이들과의 관계도 정상적일 수 없었고 갈수록 고립될 수밖에 없었다.

제갈영은 세가의 어르신들이 아무 말씀도 없으시기에 자신이 엇나가고 섞이지 못하는 게 자신의 타고난 성품이 그렇다 여겨 그런 줄 알았지, 진실을 꿰뚫고 있으면서 모른 척한 거라곤 생각지 못했다.

제갈미미가 한 짓은 아이들끼리 칠 수 있는 짓궂은 장난을 넘어서는 악독한 행동들이었음에도!

"이제라도 좋아졌으면, 된 게 아니냐."

제갈건은 별거 아니라는 듯이 건조한 목소리로 대답했다.

애초에 저런 사람이었다. 자기와 직접 관련된 일이 아니면 제 친자식이라 해도 신경 쓰지 않았다.

제갈영이 물끄러미 그를 바라보다 대답했다.

"네, 아버님. 아버님 말씀이 항상 옳습니다."

"아버지라니. 누가 네 아버지더냐?"

태연히 반문하는 제갈건의 모습엔 한 점 망설임도 없었다.

하긴, 틀린 말은 아니다.

제갈영 자신도 마음속 깊은 곳에선 그렇게 생각해 왔으니까.

방금 사용한 아버지란 호칭은 아주 순수하고 단순하게도 당신이 지독하게 싫다는 제갈영 식 표현의 반증일 따름.

"그러게요. 대체 누굴까요?"

제, 아버지란 사람은.

이 사람도 아니라 하고, 저 사람도 아니라 하니 자신이 하늘에서 뚝 떨어져 내렸을 리는 없고. 자신도 아주 궁금한 사항이었다.

제갈영이 어깨를 으쓱거리며 제갈건을 쏘아본다.

자식을 거부할 권리가 부모에게 있다면, 자신에겐 그런 부모를 원망할 수 있는 자격이 부여돼야 공평하지.

낳기 전에 자신에게 널 내 자식으로 세상에 내놓아도 되냐고 미리 물어본 게 아니라면 말이다!

선택의 기회가 있었던 쪽은 전적으로 부모라는 사람들이었으니까!

"그만해라. 더 이상 저분을 자극하면 아무리 나라도 너와 저 어설픈 놈을 구해줄 방도가 없어진다."

그간 찍 소리도 못했던 두려움의 대상인 소가주 앞에서 이런 행동을 하다니, 제갈영 이 녀석이 돌아도 아주 단단히 돈 듯.

제갈미미가 나직이 경고했다.

제갈영도 더할 마음은 없었기에 순순히 고개를 끄덕였
다. 제갈세가의 더러운 일 한가운데 끼어 이게 어찌 되는
건가 어떻게 해야 하나 당황하고 있는 권오현을 봐서라도
이쯤에서 물러나야 했다.

"너……."

제갈미미의 미간이 찡그려졌다.

잔뜩 달아오른 듯 보였던 제갈영이 순식간에 제 감정을
수습하는 게 놀랍다. 이리저리 차이는 쭉정이 같던 게 진
짜 세가의 핏줄이 맞긴 하구나 싶을 정도였으니.

인정해야 하는 건가?

제갈영이 달라졌다, 그것도 아주 많이. 그래 봤자, 가
아니었다. 그러니 제갈미미 자신을 협박씩이나 하는 거겠
지.

저를 보는 시선을 느꼈는지 제갈영이 제갈미미에게 시
큰둥한 어조로 말한다.

"왜? 당신도 누나라고 불러줄까?"

"헛소리!"

제갈미미가 코웃음을 쳤다.

먼 옛날.

제갈미미는 가주인 제갈인창의 첫째 아들 제갈인의 무

남독녀였다. 하나 제갈미미의 아버지 제갈인은 장자로 태어났음에도 소가주가 되지 못한 채 제갈건에게 밀려나게 된다.

제갈세가는 뭇 세가들과 같이 혈통을 중시하는 건 마찬가지였으나 한 가지 다른 점이 있었다.

특별한 흠이 없는 한 장자에게 많은 권리를 내려주는 게 보편적인 다른 세가와는 달리 제갈세가에선 후계자에 오를 수 있는 인재들에게 같은 권리를 나눠주고 직접적으로 경쟁을 시켰던 거다.

장자에게 유리한 부분이 어느 정도 있긴 했으나, 장자로 태어났다는 사실이 후계자의 지위를 지킬 명분이 되어주진 않았다는 의미다.

그래서 제갈세가는 다른 문파나 세가보다 치열한 후계자 전쟁을 치렀고, 그렇게 해서 올라간 승자는 아무리 많은 피를 흘렸다 해도 정통성에 흠을 입지 않았다.

제갈미미 또한 그런 제갈세가의 일원으로, 어린 나이였으나 스스로가 제 능력에 자신이 있던 터라 무능한 이를 경멸했다.

물론 실각한 제갈인이 제 아비인 만큼 안쓰러움이 컸겠지만…… 그렇다 해도 제갈건과의 능력의 차이를 인정하고 그것을 윗세대의 것으로 한정 지을 오만이 있었다는 뜻이다.

만약, 제갈건이 소가주 위에 오른 후 제 아들인 제갈영을 장자의 맥을 잇는 사내아이가 없다는 이유 겸 정략(政略)적 화친을 목적으로 제갈인의 양자로 들여보내지만 않았다면 더 좋았겠지만.

제갈영의 존재 자체가 그녀에게 있어선 아버지의 패배에 대한 증거이자 자식을 기꺼이 내놓은 신임 소가주 제갈건의 희생을 알리기 위한 억지 선물이요, 아들을 낳지 못한 어머니의 한숨이었으니 반가울 리가 없었다.

한데 더 큰 문제가 생겨났으니…… 제갈건이 제갈영을 보낸 다음, 제갈미미를 데려오려 했다는 것이다!

어린 시절부터 미색이 출중하고 머리가 좋았던 그녀를 눈여겨 본 제갈건이 제갈미미를 훗날 요긴하게 쓰기 위해 이름뿐인 장자의 딸이 아닌 영향력 있는 소가주의 딸로 만들려 했고, 결국 제 뜻대로 행했다.

거기엔 후계자로서의 제 지위가 공고해질 때까지 인질을 맞교환하는 의미가 깃들어 있었을 터이니 물러날 수 없었겠지.

별 필요 없는 제갈영을 내던지고 제갈인 부부가 금지옥엽 아끼던 제갈미미를 데려왔으니 남는 장사는 확실했다.

어린 제갈미미는 제갈건의 뛰어난 한 수에 감탄하면서도 두려워했고. 소가주로서 더할 나위 없는 역량을 발휘하는 제갈건보다 그에게 휘둘려 자신들을 직접 찌르는 칼이 된 제갈영을 미워하며 화풀이하는 간단한 방법을 택했다.

거기엔 어느 정도 제갈영을 향한 질투가 섞여 있었는데, 그 감정이 제갈미미에겐 상당히 불쾌해 그녀의 행동을 시간이 갈수록 심해지도록 부추겼다.

본인이 여자이기에 가주의 위에 도전할 수 없다는 한계를 확실히 알게 하고, 사내아이란 이유 하나 말곤 저보다 나은 게 없는 어린애에게 부모까지 뺏기게 되지 않았나.

되고 싶었던 소가주의 딸이란 자리는, 생각보다 쉽지 않았다.

제갈미미는 그때부터 자신으로 사는 게 아니라, 여자로서 사는 법에 대해 생각하게 됐다.

뭐든 할 수 있을 거 같았던 그녀의 어린 시절이 끝나버렸다.

그래서다.

제갈미미가 제갈영을 혹독하게 괴롭힌 건. 서로의 자리가 바뀌지 않았더라면 자신들이 이만큼까지 치닫지는 않았을지도 몰랐다.

"맞아. 우리 사이에 누나, 동생은 무슨."

제갈영도 안다. 자신들은 태생부터가 꼬였다는 걸.

그리고 그 사실을 간과한, 혹은 무시해 버린 세가의 어르신들로 인해 앞으론 더욱 나빠지기만 하겠지.

제갈미미의 사정을 이해하기엔 그때는 너무 어렸고 지금은 너무 많이 와 버렸다.

덕택에 제갈영 자신은 가문을 버린 패륜아가 될 테고. 그게 또 그리 나쁘지만은 않게 느껴지고.

힘들고 괴로운 사람은 많지만 그렇다고 그들 모두가 남을 아프게 하면서 제 상처를 치료하는 건 아니잖아?

제갈영 자신은 살면서 배워야 할 인간의 도리와 덕목을 오현이에게서 배웠다.

녀석이 아니었으면 제갈영 자신은 지금 분명, 제갈건이나 제갈미미와 같은 표정을 짓고 있었겠지?

누군가가 미워 죽겠고, 부러워 죽겠고 뭐 하나 뜻대로 되지 않아 잔뜩 독이 오른……그런 얼굴, 말이다.

자신은 보답을 어떻게 해야 할지 모를 만큼 많은 걸 받았다.

"야! 너, 많이 다친 거였어?"

권오현은 이마에서 줄줄 흐른 피로 먹물을 씻어 내리며 새로운 가면을 한 겹 뒤집어쓴 제갈영을 보고 기겁을 한다.

제갈건과 제갈미미 그리고 제갈영 세 사람 사이에 묘한 기류가 형성되자 핏줄이 아닌 자신은 낄 때가 아닌 것 같아 물러나 있었는데…… 녀석의 발가락 앞으로 뚝뚝 떨어져 지면을 적시는 물방울의 빛깔이 너무 진해 이상하다 싶어 앞으로 나서 보았더니 저 꼴을 하고 서 있던 거였다!

"괜찮아."

제갈영이 걱정시키지 않으려 억지로 히죽 웃어 보이지만 핏물이 입가로 스며들어 잇몸까지 붉게 적신 모습은, 글쎄⋯⋯.

"괜찮긴! 뭐가 괜찮아!"

의도와는 달리 걱정만 더 불러일으켰다.

웅성거림과 함께 분위기가 점점 제 통제를 벗어나 새로운 흐름을 이어 나가자 제갈건이 의식적으로 제어를 시작한다.

꽉 움켜쥐고 있음에도 손가락 사이를 간질이며 빠져나가는 모래알들을 다시 모아볼 요량인 듯.

"자네에 대한 이야기는 제법 많이 들었지. 오현이라 했던가?"

"말씀하십시오, 세이경청(洗耳傾聽)하겠습니다."

권오현은 제갈건의 부름에 제갈영에게 자꾸만 가는 시선을 붙잡은 뒤 자세를 바로 하고 공손히 대답했다.

"자네에겐 저 아이가 귀한가?"

제갈건이 제갈영을 손끝으로 가리켰다.

그러니 저로서는 엄청 큰맘을 먹고 이 무서운 곳까지 마중을 나온 게 아니겠나.

질문 자체에는 별 고민 없이 대답할 수 있었지만, 제갈세가 소가주와 대화를 나누는 게 어려웠던 권오현이 조심스레 입을 열었다.

"……네."

"그럼 값을 치를 용의도 충분하겠군."

"오현이에게 무슨 말을 하려 그러시는 겁니까!"

심상치 않은 얘기에 잔뜩 날을 세운 제갈영이 대화를 가로채자 돌아온 건 제갈건의 조소였다.

"너는 참견할 자격이 없다. 너 스스로는 네 몸 값을 지불할 능력이 없으니까."

"제 몸 값은 예전에 소가주 직위에 오르셨을 때 이미 한 번 받아 드시지 않았습니까? 근데 또요? 너무 남는 장사만 하려고 드시면…… 얼마 못 가 망합니다."

"이건 개인적 관계로 인함이 아니라, 세가가 정당히 받아야 할 대가다. 네가 세가를 버렸다고 해서 세가와의 관계가 끝이 날 거라 여겼다면 아직 세상을 잘 모르는 게지. 네가 자라는 동안 제갈세가의 밥을 먹지 않고 제갈세가의 땅에서 자지 않고 제갈세가의 천을 입지 않았다면 모를까!"

거대세가나 문파가 갈수록 번영할 수 있는 건, 온갖 호사스러운 걸 누리도록 해주고 그 몇 배를 후손들에게 뽑아먹는 괴물이 버티고 있기 때문이다.

전통과 긍지로 제 썩은 속을 치장해 가린 괴물은 어떤

세월의 비가 내려도 자신들의 대문 현판이 지워지지 않고 빛을 발해 영구히 역사를 이어 가길 원했고.

때로는 음지에서 가끔은 옳고 그름을 바꿔 호도한 채 버젓이 양지에서 서슴지 않고 뿌리를 뻗어 나갔다.

가진 자만이 더 가질 수 있다는 힘의 논리를 여실히 보여준 거다.

내 할아버지가 그 괴물이고, 내 아버지가 그 괴물의 아들이고 내가 바로 그 괴물이 될 존재.

세가 안에 자리 잡고 있는 모든 이들이 괴물이자 괴물의 먹잇감이었던 것이다.

그런 자신이 사람이 되고 싶다며 도망쳐 제 발로 흙바닥 위를 나뒹구니 용납이 안 되겠지.

하지만 그래, 당신 말도 맞다.

괴물이 되기 위해 많이 가졌었다. 싫다고 하면서도 내게 주어지는 권리는 참 알뜰하게도 누렸다.

버릴 용기는 겨우 생겼지만 자신이 짐을 짊어지는 도전까지 할 수 있을까?

제갈영이 으득 어금니를 깨물었다, 그때.

"……얼만데요?"

엥?

옆에서 들려오는 소리에 제갈영의 눈이 커졌다. 잘못 들은 건가?

"어, 얼마면 되는데요, 영이 녀석 몸값."

제대로 들은 듯 재차 이어진 권오현의 확인에 제갈영의
입이 쩍 벌어졌다.

第五章

사람의 값!

아, 주목받는 건 진짜 싫은데.

이 순간, 저를 향한 세 사람의 뜨거운 시선을 느끼며 권오현은 몇 번이나 속으로 혀를 찼다.

가만히 있으면 중간은 간다 했던가.

왜 나섰을까?

자신은 제갈세가씩이나 되는 곳의 내부 사정에 불쑥 끼어들 주제는 아니란 걸 스스로도 너무 잘 알고 있었는데 말이다.

"자네가 살 텐가?"

제갈건의 물음에 권오현이 눈동자를 데구르르 굴렸다.

빈 주머니에 손을 꿰어 넣고 손끝으로 달랑거리는 동전

몇 푼을 짤랑이며 이걸로 어찌 안 되겠냐고 하는 것 같은 모습.

그러다 흥정이 안 통할 거 같았는지 조심스레 입을 연다.

"외, 외상은 안 되겠지요?"

"헉!"

옆에서 들려오는 제갈영의 헛바람 들이키는 소리는 둘째치고라도.

외상은 역시나 안 되는 모양.

찌릿하고 돌아오는 시선에 섞인 노기가 제갈건의 대답을 대신했다.

"진짠데……."

권오현이 작게 중얼거리며 한숨을 내쉬었다.

한 오라기의 거짓도 섞이지 않은 순수한 진심이었지만, 자신의 의도와는 상관없이 듣는 이들에겐 농으로 느껴진 듯.

하긴, 제갈세가 공자님 몸값을 외상으로 달라 했으니 칼 안 맞은 게 다행일지도.

"결정했나?"

제갈건이 이 이상의 허튼소리는 용납하지 않겠다는 듯이 싸늘한 어조로 한 번 더 물었다.

귀에 끈적거리며 달라붙는 목소리에 권오현이 움찔 몸

을 굳혔다. 덜컥 겁이 난 탓이다.

하나 어쩌겠나.

방금 전의 일로 약간은 희석된 것도 같지만…… 여전히 넘치도록 충분히 감동에 가득 차 자신을 바라보고 있는 꼬맹이가 바로 옆에 있는데.

학관에선 하는 짓마다 아직 어린 양이 뚝뚝 묻어나던 녀석이 여기 있으니 어찌나 섬뜩한 기운을 뿜어내는지 낯설었다. 처음 만났을 때도 거만한 꼬맹이이긴 했어도 이렇게 살기가 번들거리진 않았으니까.

그리고 그렇게 했어야만 될 이유를 녀석이 상대하는 가족, 이란 이름의 이들에게서 발견하는 순간 가슴이 아파 견딜 수가 없었다.

에이, 그래. 나 미쳤다, 미쳤어!

잔뜩 기합을 넣은 권오현이 대답했다.

"결정했습니다."

"값은 무엇으로 치를 텐가?"

권오현이 가진 건 보기보다 아주 많았다.

그중 무엇을 내밀지 제갈건은 솔직히 조금 기대가 됐고, 제갈영은 걱정이 됐다.

제갈건이나 제갈미미 같이 저가 바라는 이득을 위해 뭐든 할 수 있는 이들을 상대하기엔 권오현은 너무 순수하고 꽉 막힌 사람이었으니까.

제갈미미에게 눈짓을 하려던 제갈영이 멈칫했다.

소심하지만 속됨이 없는 권오현이 제갈영 자신을 위해 무얼 걸 수 있을지 궁금하지 않다면 거짓말이겠지?

한데.

"저로는 안 되겠습니까? 동심회나 학관, 어디 붙어 있는지 소가주님께선 알지도 못하실 권가장까지 포함해 셋 모두와 상관없는, 그냥 저 하나로는 많이 부족합니까?"

권오현은 제갈영을 위해 자기가 가진 것 중 가장 값비싼 걸 내놨다. 그것도 저와 엮인 세력들엔 폐를 끼치지 않으려는 듯이 조금의 가감이나 타협도 없이 온전한 권오현 자신 전부를.

듣지 말 걸 그랬다. 저 말을 하기까지 저 소심한 사람이 얼마나 망설이고 고민했을까?

진심에 호기심으로 답한 제갈영 자신의 속이 너무 빤하고 시커매 미안했다.

이미 많이 받았는데, 이번 건 너무 커서 목에 콱 막혀 넘어가질 않았다.

"바보냐? 동심회나 학관, 게다가 쓸 데는 없지만 그나마 뭐 파먹을 구석이라도 있는 권가장도 없는 네가 무슨 쓸모가 있다고. 너한텐 제일 비싼 거고 저들에겐 가장 쓸모없는 게 바로 그건데!"

제갈영이 악을 쓰자 인상을 찡그린 권오현이 녀석의 얼

굴을 손등으로 슥슥 문질러 줬다.

"니가 왜 울려고 그래?"

권오현 자신이 자신의 의지로 걸 수 있는 게 딱 그거밖에 없는 걸 어쩌겠냐.

"등신. 바보, 천치."

제갈영이 계속 구시렁댔다.

제갈세가 공자님일 때보다, 권오현의 동생일 때가 비교도 할 수 없을 만큼 더 좋았다.

저 등신, 바보, 천치의 동생 하지 말라고 하면 어쩌나 싶을 만큼.

그러니까 오래오래 형 동생 하려면, 빨리 여기서 나가야겠지?

오현이를 진짜로, 무서운 괴물의 입에 처박을 순 없지 않은가.

제갈영은 제갈미미를 향해 소리 없이 입을 벙긋거려 글자 모양을 만들었다.

감숙성과 난주를 담는 제갈영의 입을 찢어 버리고 싶다 생각한 제갈미미가 안색을 고친 뒤 제갈건을 향해 아뢨다.

"소가주님께서 지금 마음속으로 내리신 판단을 잠깐 유보해 보시는 게 어떻겠습니까?"

"뭐라?"

"나뭇가지가 저 혼자 바람을 타려 한다 해도, 어찌 그게 가능하겠습니까. 본디가 나무에서 자라난 나뭇가지이니, 떨궈진 나뭇잎 하나 흔들리며 생긴 작은 상처 하나…… 모든 게 나무에 영향을 미치지 않을 수 없지 않겠습니까? 아예 가지를 잘라 버리지 않고서야 말입니다."

죽지 않는 한, 이미 만들어진 인연은 어떻게도 끊을 수 없다.

잠시 수면 아래 가라앉히고 외면해 잊을 순 있지만 처음부터 없었던 걸로 할 수는 없다는 뜻이다.

하물며 권오현은 동심회와 학관 내에 신망이 높고 꽤나 아낌을 받는 입장이라 했으니. 저 녀석을 건드렸을 때 어찌 동심회와 학관이 가만있을까?

"그것도 이쪽에서 쥐고 있는 패가 있을 때 얘기지. 구두로 된 약속조차 하지 않겠다고 버티는 데, 그때 가서 오늘의 일을 끄집어내 봤자 소용이 있겠느냐?"

"그렇다고 영이를 내주지 않는다고 해서 얻을 수 있는 이득이 있는 것도 아니지 않습니까."

"확실히 얻을 수 있는 게 있는 것도 아닌데, 문제의 싹이 될 씨앗을 방치하는 건 멍청한 짓이다. 내 가르침이 아직 많이 부족했던 모양이니…… 너를 내게 맡겨 주셨던 형님을 뵐 낯이 없구나."

소가주의 자리에 오른 후, 제갈건이 제갈인을 사사로운 호칭으로 부른 건 이번이 처음이었다. 평소엔 세심(洗心)

각을 맡고 있는 제갈인이기에 세심각주라 칭했던 것이다.

제갈미미는 이것이 경고가 아님을 느꼈다. 제갈건은 이미 무력행사에 들어갔다.

제갈세가에 남아 있는 가족들이 있는 한, 제갈미미는 자유로울 수 없었으니. 친부녀관계보다 더 많이 닮아 있는 두 사람 사이를 가르는 완전히 다른 하나.

"출가외인(出嫁外人)이라 하지 않습니까? 이제 와 제 모자란 배움에 대해 자책하시거나 세심각의 그분께 뒤늦은 사과를 할 필요가 있으시겠습니까?"

그녀가 남궁세가를 보호막으로 둘렀다.

"남궁세가가 널 지켜줄 거라 생각하느냐? 남궁 대공자에게 있어 네 남편으로서의 위치가 먼저인지, 제갈세가의 사위로서의 입지가 먼저인지 물어주랴?"

독하기 그지없는 제갈건의 말에 제갈미미가 입술을 질끈 깨물었다.

여자의 삶을 살겠다고 다짐한 이후, 어떻게 하면 좋을까 생각하다 자신이 할 수 없는 일이라면 할 수 있는 남자의 부인이 돼 그의 것을 함께 누리자고 결심했다.

소가주가 자신을 정략혼으로 팔아먹을지라도 자신은 완벽한 한 쌍이 돼 모두가 선망하고 질시하는 더한 것을 누릴 거라고.

그렇게 해서 고른 남궁민에겐 사랑하는 여인이 있었지

만, 그와 가장 잘 어울리는 여인은 자신이 분명하다 되뇌며 기다려 결국 차지했다.

멍청한 웃음을 흘리며 소란스럽게 입술을 놀려, 모용운지와는 전혀 다른 모습을 보여준 게 주효했는지 아니면 때맞춰 제갈세가가 적절한 동맹이란 계산이 끝난 건진 알고 싶지 않았다.

자신의 판단은 유효했다고 생각하니까, 적어도 아직은.

그러나 만약 제갈건이 방금 했던 얘기를 그대로 되풀이해 그에게 묻는다면……?

제갈미미는 그의 대답을 듣길 원하지 않았다. 듣지 않아도 알 수 있었기 때문에.

제 아픈 데를 찔린 제갈미미가 똑같이 제갈건에 송곳니를 드러낸다.

"아마 소가주께선 물으실 수 없으실 겁니다. 소가주께는 세가의 이름을 대신할 자격이 없으시니까요."

지독하게 무거운 침묵이 내려앉은 잠시 후.

"영이 저 아이가 너를 움직이게 한 열쇠가 그럴 만한 가치가 있는 것이어야 할 게다."

제갈건은 마치 두 사람 사이에 오고 간 거래를 들여다보고 있는 것처럼 말했다. 제갈미미가 얼른 화제를 바꾼다.

"허락해 주시는 건가요?"

"허락을 바라는 마음이 있긴 했다면, 허락하지 않았던 상황도 순순히 받아들였어야 했다."

뒤끝이 무한하겠지만 어쨌든 지금은 막지 않겠다는 뜻이었으니.

"허락해 주신 걸로 알고 이만 가보겠습니다."

제갈미미는 깊숙이 허리를 숙여 보인 다음 제갈영을 재촉했다.

눈치를 살피다 자리를 피하는 셋의 뒷모습이 제갈건의 눈에 박혔다.

"감숙 소가장의 멸문에 미미가 연관됐을지도 모른다는 보고가 사실이었나 보군."

스스로의 입장을 잊는 일이 없던 제갈미미가 한 번 실수를 한 적이, 아니, 실수를 했을 거라 추정되는 사건이 하나 있었다.

제갈세가 내에서 정보를 담당하는 은밀한 곳에서도 특급에 해당하는 것으로, 남궁 대공자가 모용운지가 있는 곳을 알아내 그녀를 데리러 가기 위해 하남으로 이동하고 있다는 소식을 전해 들은 제갈미미가 바람을 쐬고 오겠다며 예정에도 없던 나들이를 나섰었다.

정처 없이 발걸음을 옮기던 그녀가 멈춰 섰던 곳이 바로 감숙성의 성도인 난주였는데……

얼마 후 난주에서 이름을 좀 알리고 있던 소규모 장원

하나가 폐허로 변했다.

제갈세가에도 난주에서 기괴한 사건이 일어났다는 보고
는 있었으나 거기서 끝. 윗선에 올릴 만한 정보는 아니었
기에 기록만 해두었던 걸 다시 들춰보게 된 까닭은, 나중
에 세가로 돌아온 제갈미미가 혼자였기 때문이었다.

그녀를 지키는 걸 사명처럼 여기던 젊은 청년들로 구성
된 호위무사들은 아무도 같이 오지 못했다.

불의의 사고가 있었다며 제갈미미가 경과를 설명했으나
미심쩍은 부분이 꽤 많아 의혹을 샀고, 그녀가 저가 가진
힘을 동원해 일을 묻으려 하니 더욱 의아해졌다.

거기서부터 시작해 거슬러 오르다 보니 난주 소가장까
지 얘기가 이어진 것이다.

사실, 제갈미미가 소가장 하나를 없앤 게 큰 죄가 되냐
면 꼭 그렇진 않았다.

그렇지만 소가장을 없앤 이유는 문제의 소지가 될 수도
있지 않겠나. 제갈미미는 아름다운 아가씨이고, 소가장엔
학문에 뜻을 둔 잘생기고 성품이 온화한 젊은 청년이 있
었다 하니 말이다.

어쨌든 증인이나 증거가 하나도 남아 있지 않았던 데
다, 심증이 가는 곳이 있으니 남이 파헤쳐도 못하게 막을
걸 굳이 자신들이 헤집을 필요가 있겠나.

사건은 금세 덮어지고, 제갈미미는 세가에서 따로 내부

조사가 있었다는 것도 모른 채 시간이 흘렀다.

모든 상황을 제 손아귀에 쥐고 흔들어야 한다는 데에 강박증을 갖고 있던 제갈건이 세가 내 주요 인물들에 대해서라면 아무리 사소한 거나 오래된 정보도 모두 외웠기에 떠올릴 수 있었던 거지.

그렇지 않았다면 그녀의 비밀은 그녀가 원하는 대로 지켜질 수 있었을 터.

"요긴하게 써주도록 하지."

하나 이미 제갈건의 손에 들린 이상, 제갈미미의 앞날도 험난하기 이를 데 없으리.

그가 순순히 저들을 놓아준 이유다.

권오현이 대가랍시고 내놓은 게 너무 어이가 없어 흥미가 떨어진 찰나였던 데다 남궁세가까지 들먹이며 자신에게 도전하는 제갈미미의 눈빛이 너무 같잖아서.

제갈건은 자신이 그녀의 비밀을 알고 있음을 그녀가 모르길 바랐다. 그래야 훗날 정말 큰일이 있을 때 자신에 대해선 조금도 대비하지 않고 있었을 제갈미미를 단번에 뒤흔들 수 있지 않겠나.

비밀은 아는 이가 적을수록 더 큰 힘을 발휘하는 법.

그리고 상대방이 알고 있다는 걸 당사자가 모를 때, 훨씬 유리한 고지를 취할 수 있었다.

제갈건이 아이들이 사라진 자리를 물끄러미 바라보다

먼지를 피우며 달려와 빈 곳을 채우는 무사를 보고 눈살을 찌푸렸다.

"무슨 일이냐?"

"가주님께서 부르십니다."

또?

"……잠시만 기다려라."

"네? 얼른 서두르셔야지요, 가주님께서 부르신……."

"기다리래도!"

제갈건이 날카롭게 쏘아붙인 후, 문을 열고 제 처소로 들어간 뒤 등을 보인 채로 손만 뒤로 해 열린 틈을 닫았다.

"이번엔 왜지?"

얼굴에 식은땀이 흥건한 제갈건이 몸을 부르르 떨며 중얼거렸다.

제갈미미가 권오현을 데려왔다는 얘길 들으신 건가? 아니면 경과 보고도 없이 자신의 마음대로 일을 처리했다고 꾸중이라도 하시려고?

그간의 실패로 누적된 제갈인창의 질책은 갈수록 강도를 높여갔고. 시도 때도 없이 제갈건을 불러대 미서(謎書)에 관한 이야기를 계속 되풀이했다.

벅벅!

방금까지만 해도 멀쩡했던 그가 멍한 눈으로 손끝을 세

워 목을 몇 번이나 긁어내려 붉은 상흔을 남겼다.

숨통이 조이고, 답답했다. 숨 쉴 공기가, 숨 쉴 공간이 필요했다.

그렇게 얼마나 있었을까.

"흐윽……."

작은 신음을 흘린 제갈건이 깔깔한 입안을 혀로 적시며 몸을 돌려 다시 문을 열었다.

"많이 기다렸나?"

아무렇지도 않은 듯 밖에서 대기하고 있던 무사에게 말을 건넨다.

"아, 아닙니다. 안색이 좋지 않으신 데 아프신 데라도……?"

"쓸데없는 말이 많구나."

"죄송합니다!"

무사가 황급히 고개를 숙이자, 제갈건이 그를 시큰둥한 눈빛으로 바라보다 한 걸음에 스쳐 지나가다 멈칫했다.

"한데, 영이 그 아이는 어떻게 알았지?"

제갈건이 미간을 잔뜩 찡그렸다.

정작 중요한 걸 놓치고 있었던 것이다.

"네?"

고개를 숙이고 있던 무사가 웅얼거리는 소리에 자신에게 하는 말인가 싶어 눈을 들었다가 저를 죽일 듯 노려보는 제갈건의 시선에 놀라 땅바닥에 철퍼덕 엎드렸다.

살려달란 무사의 말에 조금의 관심도 갖지 않은 제갈건이 다시 걸음을 옮겼다.

내딛는 걸음, 걸음이 위태로워 보였으나 심기가 편치 않아 보이는 소가주와 눈을 마주하는 이가 아무도 없었다.

"왜?"

"아냐, 뒤통수가 서늘해서."

제갈영이 대답했다.

"그래? 나는 얼굴에 불이 붙을 거 같은데."

권오현이 어색하게 맞장구를 쳤다.

어째 위기에서 빠져나왔음에도 불구하고 속이 편한 상황은 아닌 듯.

세가에 배정받은 처소에서 멀찍이 떨어져 안전한 곳에 닿자 제갈미미가 입을 열었다.

"어떻게 알았어?"

"뭘?

"……감숙성의 일."

"몰라. 난 아무것도 기억 안 나."

제갈영은 단호하게 잘랐다.

"정말 똑똑해졌구나."

제갈미미가 눈을 가늘게 휘며 소곤거리더니 제갈영의

어깨 위에 손을 짚으며 이어 말했다.

"이리 잘난 녀석이 왜 우리 개망나니 도련님도 할 수 있는 걸 못한다고 우기다 제 아버지 손에 죽을 뻔했을까? 돌아간 김에, 우리 도련님께 시키지도 않은 거 해주어 고맙기는 한데 그런다고 다시 세가로 돌아올 수는 없을 테니 그만 다른 살 길 찾아보시라 전해라. 알았니?"

어떻게든 상처를 주기 위해 안달을 한다.

진짜 지긋지긋한 집구석이다.

마지막의 마지막까지 끔찍했다.

"우리 일은 우리가 알아서 잘할 테니, 그쪽 일이나 잘하시지. 소가주님과 척을 졌으니 앞으로의 운신이 꽤 불편해질 텐데 말이야."

제갈영이 제갈미미의 손을 쳐낸 후, 권오현을 재촉했다.

권오현이 제갈영의 손에 이끌려 엉거주춤 걸음을 내딛는다.

여기까지 오는 동안 자신들을 죽일 듯 노려보던 제갈미미가 뒤에 남는다니 얼굴이 불타는 일은 막을 수 있겠구나 싶으면서도 딱히 기쁘진 않았다.

하나를 얻으면 하나를 줘야 하는 법. 권오현이 한숨을 내쉰다.

"등이 시려."

"금방 괜찮아질 거야."

저는 뒤통수가 쑤시고 등짝까지 서늘하니 아주 죽을 맛이었지만 내색치 않은 제갈영이 어른스럽게 권오현을 다독였다.

"피곤하네."

"나도. 며칠 만에 제대로 자겠다."

"힘들면, 업힐래?"

권오현이 제 등을 내보인다. 생각해 보니, 눈물로 씻기고 저가 좀 닦아 주긴 했으나 여전히 제갈영의 얼굴이 엉망이었다.

평소 몸단장에 꽤 신경을 쓰는 제갈영이니 저러고 밖을 나다니는 게 부끄러울지도 모른다는 데 생각이 미쳤다.

"아냐, 그냥 빨리 가자."

제갈영이 고갤 젓자 권오현은 두 번 권하지 않았다. 다만 아직까지도 한 팔로 휘감고 있는 베개를 내밀었다.

"이거 남궁 공자 거다."

잠시 베개를 바라보던 제갈영이 그걸 받아 들더니 세로로 세워 품에 안고는 얼굴을 파묻는다. 얼굴 대부분이 가려지고, 눈만 빼꼼 베개 끄트머리 위로 내밀어졌다.

베개에 얼룩이 잔뜩 묻는다.

권오현은 말리지 않았고, 제갈영도 다른 말은 하지 않았다.

더 이상의 대화 없이 학관으로 돌아간 두 사람은 상방 오호로 들어섰다.

남궁혁이 침상에 누워 있었다.

"저 돌아왔습니다."

제갈영의 인사에도 아무 대답이 돌아오지 않았다. 녀석이 들고 있던 베개를 남궁혁에게로 툭 던졌다.

남궁혁이 인상을 쓰며 상체를 일으키자 제갈영이 다시 말했다.

"그쪽 형수님도 만났는데, 안부 전해 달라 하시던데요?"

"그 여자가?"

남궁혁이 피식 웃으며 더러워진 베개를 손으로 집었다.

분명 화를 낼 거라 여긴 권오현의 예상과는 달리 남궁혁은 베개를 제 머리 맡에 내려놓고는 손으로 툭툭 쳐 모양을 잡았다.

그리곤 원래 있었던 자세 그대로 누워 베개 위에 머릴 올려놓고는 눈을 감았다.

제갈영은 잠시 고민하는 듯 보였지만 이내 결정을 내리곤 제 침상으로 가서 몸을 굴렸다.

혼자 서 있던 권오현이 빨아서 말려 두었던 이불을 찾아 영이에게 덮어준 뒤 자기 자리로 가서 가부좌를 틀고 앉았다.

영이가 와서 너무 기쁘고 잘됐다고 생각하면서도 이상하게 집중이 잘 안 됐다.

실망은 기대가 있어야 하는 거고, 기대는 믿음이 기반이 돼 만들어지는 건데…… 자신은 남궁혁을 충분히 믿어주긴 했던가?

그냥 청하지 않은 군식구로 제 풀에 지쳐 떨어져 나가길 기다린 건 아니고?

권오현이 침상에서 내려서더니 새 베개와 이불을 꺼내 남궁혁의 침상 옆에 놔두었다.

"뭐하는 거냐?"

"유청이가 말했잖습니까. 여긴 누구나 다 환영하는, 상방 오호라고요. 편히 쉬세요. 언젠가부터, 여기서 오래 머물다 나간 사람들은 모두 행복해졌습니다. 남궁 공자님도 그러실 겁니다."

"니가 돌았구나?"

험한 말이 돌아오지만 권오현은 뒤로 물러나지 않았다.

이건 진심이니까.

그렇게 권오현은 처음으로 먼저 한 발 다가갔다.

◐   ◐   ◐

"무림맹엔 별일 없으려나?"

유청이 손에 든 육포 가장자리를 세로로 쭉 찢어 나온 긴 조각 하나를 입에 넣고 우물거리며 말했다.

"없으셔야지."

다른 것도 아닌 가족 걱정일 테니 채환이 대꾸해 줬다.

사실 이번엔 뭔 일이 터져도 아주 단단히 터질 거란 걸 유청도 알고 채환도 알고 있었으니, 더욱더.

"그치? 없겠지?"

"네 형님께서 알아서 잘하실 게다."

"이현 형님께서? 그야 그렇겠지만…… 형님이 상방 오호 일까지 신경 쓰시기는 좀 바쁘실 텐데."

유청이 어깨를 으쓱거렸다.

가족들 걱정이 아니라 오현이와 한 방에 처박힌 남궁혁이 고민의 원인이었나?

처음 남궁혁이 상방 오호에 머물고 있다는 얘길 한수에게 전해 들었던 나채환이 저가 잘못 들었냐는 듯이 검지로 귓구멍을 후볐던 걸로 봐선…… 현재 상방 오호의 조합이 평범하지 않은 건 확실했다.

"차라리 오현이에게 늑대 새끼를 키우라고 하지 그랬냐."

나채환이 말했다.

그랬다면 최악의 경우, 다 자란 늑대에게 잡아먹히기밖에 더하겠나.

나채환의 판단으론, 그런 면에서 볼 때 남궁혁보단 차라리 늑대가 비교할 수 없을 만큼 나았다.

늑대와 지내야 할 당사자인 권오현의 생각이 어떨지는 알 수 없지만, 어쨌든 간에.

"에이, 그럴 리가. 아무리 그래도 똥, 오줌 못 가리는 늑대 새끼보단 남궁혁이 낫겠지."

오현이는 똥에 좀 예민하지 않은가.

조금 다른 의미로 권오현을 위해 남궁혁을 추켜세우는 진유청이었다.

물론 이번에도…… 당사자인 남궁혁이 기뻐할지는 알 수 없는 일이었지만, 어쨌든 간에.

"한수가 괜찮을 거라고 하던데, 갑자기 왜?"

"그러니까. 누가 남궁혁이 걱정된 댔냐?"

유청 자신은 상방 오호 얘기만 했지, 남궁혁을 언급하진 않았다.

나채환이 오해한 거다. 그런 거 치곤, 유청이 너무 잘 받아주긴 했지만.

"그럼?"

미간을 희미하게 찌푸린 나채환이 되물었다.

"영이 녀석. 무림맹 분위기가 흉흉할 테니, 제갈세가에서 녀석을 더 쥐고 흔들려 들 텐데…… 괜히 오현이에 남궁혁까지 말려 들어가는 거 아닐까 해서."

유청이 머릴 벅벅 긁으며 대답한다.

제갈영의 입장상, 학관이나 동심회와 섞이기 곤란한 부분이 분명 있었고, 오현이 성격상 영이 녀석에게 문제가 생겼다 해서 쪼르륵 달려가 고하거나 어르신들을 꾀어 도움을 받으려 들지도 않을 테니…….

동전 두 개로 갈 수 있는 길을 열 개 내고도 못 가는 어려운 상황을 제 손으로 만들까봐 신경 쓰였다.

손해 본 건 나중에 몇 배로 메꾸면 되는데 사람이 상하면 복구가 안 됐다.

오자경의 한쪽 눈이 준 교훈은 유청에게 아주 컸다.

"아끼는구나."

유청이 권오현을 챙기는 건 새삼스러울 게 없지만, 나채환에겐 아직 낯선 이름 하나가 추가됐다.

지금 한 말은 제갈영이란 그 낯선 이름 위에 올려놓은 것.

"스스로 운명을 바꾼 녀석이니까."

예상했던 것보다 거창한 대답에 나채환의 눈동자에 의아한 빛이 서렸다 사라진다.

운명을 바꾼다는 이야기에 가장 잘 들어맞는 이가 바로 제 눈앞에 있는 유청이인데. 제갈영은 대체 어떤 운명을 바꿨기에 저런 얘길 저 녀석에게 들을 수 있는 걸까?

유청은 흰 이를 드러내며 씨익 웃어 보일 뿐.

모든 사람에겐 정해진 흐름이 있다. 그것을 운명이라고 부른다면, 부르자.

어려운 일은 아니니까.

사람들은 흔히 운명이 자신을 좌지우지하여 가파른 낭떠러지나 끝이 보이지 않는 밤의 바닷가로 밀어붙인다고 여기곤 하지만……

사실은 그렇지 않을지도 모른다.

낭떠러지로 가는 발도 자신의 것. 밤의 바닷가에 파문을 그리는 손도 자신의 것이나까.

운명이 수많은 이들에게 갖가지 좌절을 내리고 비탄에 잠기게 하지만 고통이 큰 순서대로 참혹한 선택을 하지는 않고, 같은 아픔을 준다 하여 모두가 같은 선택을 하지는 않는 것처럼.

제갈영은 유청의 울타리 안 사람들 중에서 거의 유일하다시피하게 과거의 저가 가졌던 굴레와 가장 비슷한 것을 여전히 껴안고 살아가는 녀석이었다.

제법 자란 후 만났기에 유청이 녀석의 환경이나 인성에 영향을 준 적도 없었고 만남 자체가 제갈영 본인이 유청을 만나길 원해 학관으로 왔기에 이루어졌다.

녀석이 만약 권오현을 선택해 함께 어울리지 않았다면 상방 오호에 묵지 않았을 테고 그랬다면 유청은 그를 쳐다보지도 않았을지도 모르지.

가장 중요한 건, 녀석이 권오현의 마음을 다치게 했을 때 먼저 사과를 했다는 사실.

과거의 녀석이었다면 절대 하지 않았을 일을, 그때와 그리 다르지 않았던 지금의 녀석이 해냈다.

제갈영은 오현을 만나고 계기를 얻어 스스로 변화했다.

제갈인창이나 제갈건, 그리고 제갈미미. 녀석을 괴롭히는 흐름의 파동을 만드는 이들은 여전히 녀석의 주위를 맴돌며 압박하고 억압하려 들지만…….

맞섰다!

지지 않았다.

같은 흐름으로 이어지던 길을 제 손으로 새로이 만든 것이다. 그럼으로써 녀석이 나아가는 방향도 달라졌다.

운명이 사람을 넘어트리는 게 아니다.

사람이, 제 스스로 포기하고 넘어지는 거지. 돌부리는 어디에나 툭 튀어나와 있으니 변명거리론 충분했다.

하나 제갈영은 넘어지지 않으려 했고, 어쩌다 넘어졌어도 다시 일어나 결국 달릴 수 있게 됐다.

물론, 힘을 낼 수 있게 제 편이 돼 준 이가 있다는 것도 가감해야겠지만 글쎄…….

그런 이를 만난 것도, 먼저 손 내밀어 곁에 머물 수 있게 된 것도 제갈영의 선택이었으니.

또한 운명을 새로이 만든, 저가 선택한 첫걸음이 아니

었을까?

아주 사소한, 누군가는 아무 생각 없이 지나갔을 수도 있는 작은 것에 가치를 부여하고 소중히 가꿔 저를 완전히 다른 사람으로 바꿔 줄 계기로 만든 제갈영에게 박수를!

그렇게 생각하니, 자신이 걱정하지 않아도 녀석은 알아서 계속 도전을 멈추지 않고 벽을 부수며 전진할 것 같았다.

이제 유청은 제 배때기를 부지깽이로 쑤셨던 남궁혁이라면 모를까. 옆에서 불귀곡의 비급이 피에 젖어 못 쓰게 될까 걱정하며 유청을 버려진 취급했던 제갈영은 잊……

잠깐.

흐음.

그래도 그렇지. 영이가 그때 좀 너무하긴 했어?

너무 자세히 떠올리진 말 것을.

새록새록 떠오르는 게 심장 어림이 뜨끔해졌다.

이 부분에 있어선 아무래도 재고(再考)가 필요할 듯.

유청이 눈을 가늘게 떴다.

"왜? 인명록에 올릴 새로운 이름이라도 떠오른 거냐?"

티가 많이 났는지, 나채환이 눈치챘다.

하여튼, 살기는 귀신 같이 읽어내지?

하나 나채환도 이것까진 예상하지 못했을 거다. 영이

녀석은 오래전, 일기를 가장한 인명록을 쓰기 시작했던 그 시점에 이미 제일 윗줄 어딘가에 남궁혁과 같이 나란히 쓰여 있다는 것을.

유청이 남아 있는 육포 조각을 한꺼번에 입에 털어 넣었다.

"이럴 땐 모르는 척해 주는 거다, 응?"

부끄럽잖니.

일단 묻어두기로 한 유청은 고개를 뒤로 젖혀 하늘을 올려다보면서도 질겅질겅 육포 씹기를 멈추지 않았다. 반쯤 벌어져 있는 입속에서 씹히는 중인 육포 조각이 언뜻 언뜻 모습을 드러냈다 사라진다.

"입 다물고 처먹든지 뱉고 말하든지."

나채환이 주의를 줬다.

"안 어울리게 왜 이런 걸로 까탈이냐?"

유청이 시큰둥하게 대답하며 먹던 걸 꿀꺽 삼켰다. 그리곤 자신들이 이야기를 나누는 동안 일행들이 충분한 휴식을 취했는지 확인하기 위해 곁눈질을 했다. 한데.

쯧.

저와 나채환을 제외하면 제대로 쉰 이도, 먹은 이도 없어 보였다.

"어떤 사람들은 지금쯤 뭘 먹기는커녕 급한 거 내보낼 시간도 없어 발을 동동 구르며 뛰어다닐지도 모르는

데…… 여기 분들은 다들 귀하게 자라서 그런지. 씹어서 넣어줘야, 좀 드시려나들?"

한수만큼은 아니지만 진유청 자신도 제법 친절하고 상냥한 사람이지 않은가.

어여쁜 아가씨가 아니라 안타깝지만, 정도 들었고.

그만한 일쯤이야!

멍한 정신을 일깨우는 벼락같은 유청의 중얼거림을 들은 이들이 흠칫하여 손에 들린 육포 조각을 마구 입에 쑤셔 넣고 우물거리기 시작했다.

하루 종일 달리고 싸우길 반복하느라 극한까지 체력을 소지하고 있는 판에 입맛이라고 있을 리가 없지만…… 그래도 어쩌나.

뭐든 먹어야지. 그래야 또 싸우고 달릴 게 아닌가.

나쁜 놈들은 질기기까지 하다는 유청 자신의 말이 사실이란 걸 확인시켜 줄 요량인지 적들은 포기하지 않고 쫓아왔다.

"채환이 너, 윤 천호님과 조 백호님의 공 잊으면 안 된다."

그럴 리 없겠지만 유청이 재차 확인했다.

제 밥도 절대 놓치지 않지만, 남의 밥도 잘 챙겨주는 유청은 혼자 먹는 밥보다 같이 먹는 밥이 더 맛있다는 삶의 지혜를 진즉 깨닫지 않았나.

"안다. 북경에 가면 태자 전하께 이번 임무 중 그 두 사람의 공이 가장 컸다고 보고하겠다."

나채환도 두 사람이 얼마나 위험한 임무에 자원한 건지 잘 알았기에 주저 없이 말했다.

서안성을 빠져나온 후, 윤중현은 조검과 함께 자기들은 따로 행동하겠다고 했다.

서안성에서 함께 빠져나온 적의 병사들이 사방으로 도주해 자신들의 흔적을 덮어주긴 했으나 그게 언제까지 갈 거라곤 기대하지 않았다.

운을 기대하기엔 적들이 너무 필사적이었고, 규모 면에서의 차이가 어마어마했으니까.

그래서 두 사람은 서안으로 들어가기 전 떨어트려 놨던 제 병사들을 되찾은 후 추격자들의 시선을 분산시켜 자기들에게 묶는 걸로 유청 일행이 운신할 수 있는 폭을 넓혀주려 한 것이다.

미끼가 된 이들의 목숨을 보장하기 어렵다는 문제만 제외하면 썩 괜찮은 계획이긴 했다.

그리고 그런 부분에 있어서 나채환은 확실히 판단이 빨랐다.

보다 중요한 걸 이루기 위해, 살점을 내줘야 하는 현실을 기꺼이 감수해 냈던 것이다.

물론, 최전선에 나가게 될 당사자의 희생을 강요함이

아니라 자발적 승복(承服)이 전제돼야 하겠지만 말이다.

나채환은 만약 자기 자신이 내줘야 하는 살점이 되는 게 현 상황에 가장 적합하다면 주저 없이 그리할 작정이었기에 더 당당할 수 있었다.

지금은 군에서 잔뼈가 굵은 두 사람이 적임자였다.

시간 끄는 일 없이 깔끔하게 결론이 나자 두 사람이 떠날 준비를 한 뒤 인사를 건넸고, 훗날 다시 만날 약속을 했다.

짧은 시간이었지만 같이 싸웠던 동료를 사지에 남긴 채 가야 하는 이들의 가슴 위엔 산이 하나씩 올라서 있다.

차라리 스스로 남겠다고 손을 든 쪽이 마음은 편할지도 몰랐다.

분위기가 축 처지자 유청이 인상을 쓰며 초린대 대원들의 뒤통수를 후려쳤다.

하나같이 귀한 집에서 잘 자란 도련님들이라 나중에 덕 볼 일 있을까 싶어 웬만하면 안 쥐어박았는데 아무래도 안 되겠다 싶었던 거다.

그들이 사지에 가까운 길을 걸어가는 건 사실이었지만, 자신들이라고 해서 활로가 약속된 길을 뚫고 가는 건 아니지 않은가.

이런 상황에서라면 위험한 건 모두 마찬가지.

가능성이 조금 더 있는 곳으로 간다 해서 자기들에게

유리할 거라는 건방진 생각을 하다간 대가리에 칼 맞기 십상이었다.

초린대가 나채환과 함께 무림맹으로 와서 함께 지내다 여기까지 생사고락을 나눈지가 벌써 얼만가.

정도 들 마큼 든 데다, 앞길이 구만리 같은 청년들이다 보니 다치는 이 없이 잘 싸매서 북경까지 가고 싶은 마음이 간절했다.

그러니 정신들 더 바짝 챙기시고!

"갈까?"

유청의 말에 나채환을 비롯한 초린대가 지체 없이 몸을 일으켰다. 북경은 아직도 멀기만 했다.

第六章

울림!

"잘 가고 계시겠지?"

"그렇지 않을까요? 그분들보다 저희가 더 문젭니다."

조겸이 대답했다.

나랏일을 함에 있어 재고 따지는 게 있어선 안 된다 여기는 데다, 원체 융통성이라곤 없었던 윤중현이라곤 해도 이번엔 좀 심했다.

물론, 조겸 자신도 이게 최선의 방법이라 여겼으니 군말 없이 따라나선 거긴 하지만 속까지 편한 건 아니었으니까.

"종종 내게 출세해야 하지 않겠냐고 했었지 않나? 그래서 이번엔 제대로 골랐다."

"그건 그렇지만……."

조겸이 말끝을 흐렸다.

너무 제대로 고른 게 문제, 라고 해봤자 자신의 상관이 받아들여 줄 리가 없을 거란 걸 알기 때문이다.

자신들은 확실히 황천길을 향해 한 걸음을 내딛고 있는 참이었다.

"살아남아라. 목숨만 부지하면 이후로는 잘 닦여진 길을 거침없이 질주할 수 있게 될 거다."

적이 군에 속한 이들이다 보니 마찬가지로 군의 체계에 능숙하고 대처 방법을 잘 아는 윤중현 자신이 나서는 건 당연했다.

진유청은 초린대의 마지막 패로, 그들을 북경까지 보호하는 게 옳았고.

초린대 대원들은 윤중현 자신과 함께 움직여 봤자 큰 빛을 발하지 못하고 바스러질 테니 아까웠다. 그럴 바엔 북경에 가는 편이 낫다.

그렇게 빼고 빼다 보니 남은 건 조겸과 병사들 뿐.

아무리 상명하복이 투철한 군이라 하나 저를 믿고 기꺼이 목숨을 내맡겨 준 수하에게 어찌 고맙지 않으랴.

그러나 따스한 말 한마디 할 주변머리가 없는 윤중현으로선 이 정도도 낯간지러웠다.

"그, 살아남는 게 너무 어려운 문제인 거 같긴 하지

만…… 참고하겠습니다."

조겸도 떨떠름한 표정이긴 했으나 순순히 수긍한다.

뒷일은 별진무님이 알아서 다 책임져 줄 테니 무사히 돌아오기만 하라고 호언장담했던 진 공자님을 믿어보자.

어엉?

그러고 보니 좀 이상했다.

……그래도 옆에서 함께 듣고 있던 벼, 별진무님도 다른 말씀은 없으셨으니 괜찮은 거겠지?

조겸이 고개를 갸웃거리고 있을 때, 저 멀리서 달려오는 적들이 아군의 시야 안쪽으로 들어섰다.

하나같이 말을 타고 있는 이들은 서안성을 향해 오고 있는 두 번째 포위망 중 강 천호의 사람들로 강 천호가 몸이 날랜 이들을 직접 뽑아 훈련시킨 이들이었다.

강 천호는 일반 병사들에게는 서안성을 중심으로 큰 원을 그린 모양새에서 쥐구멍 하나 놓칠 새라 샅샅이 주변을 훑으며 원의 크기를 줄여가게 하고, 말을 탈 줄 아는 저와 제 직속 수하들 그리고 성도 수비대는 기동력을 갖춘 다음 따로 나뉘어 도망자들을 쫓았던 것이다.

잘 정돈된 기운을 뿜어내는 이들은 멀리서도 예사롭게 보이지 않았다.

"온다!"

유청 일행과 헤어진 후 조우한 병사들 중 한 명이 작은 소리로 말했다.

그들은 강 천호를 비롯한 적의 병력을 급습하기 위해 잠복해 있는 상태였다.

"넋 빠진 얼굴 그만하고 살고 싶으면 살 궁리를 해라."

그리고 위험 상황에서 살 궁리란, 정신을 바짝 차린 뒤 쉬지 않고 검을 놀리는 거밖에 더 있겠나?

윤중현의 목소리가 조겸의 귀를 때렸다.

전투 전, 긴장을 풀기 위한 잡담이 끝났다는 신호다.

"네, 천호님."

조겸이 찰싹 소리가 날 정도로 세게 제 뺨을 손바닥으로 친 뒤 힘주어 눈을 깜빡였다.

두 무리로 나뉘어, 숲 사이 길을 가운데 두고 양 가장자리에 빽빽이 줄 지어 늘어서 있는 나무 뒤에 몸을 숨기고 있던 병사들도 마른침을 꿀떡꿀떡 삼킨다. 그들이 들고 있는 병장기의 끝이 희미하게 떨렸다.

그나마 도주하는 동안 윤중현이 미리 봐둔 지점이 몇 군데 있어 촉박한 시간 내에 자신들에게 유리한 지점을 찾아 매복할 수 있었지만, 전투라는 게 워낙 돌발 상황이 많이 발생하지 않나.

가뜩이나 수적으로 심하게 차이가 나는 마당이니 작은 문제점도 자신들에겐 치명적일 수 있었다.

적의 선두에 선 말이 콧김을 씩씩 뿜어내는 게 선명해

졌을 때를 놓치지 않고 조겸이 휘파람을 옅게 불었다.

천을 꼬아 만든 질긴 줄을 길을 가로지르게 놓아둔 뒤 위를 흙으로 덮어 가리고 길 양편에 숨어서 끈의 끄트머리 한쪽씩을 잡고 있던 이들이 잔뜩 신경을 곤두세우고 있다가……

휘이익!

이번엔 강한 휘파람 소리가 울려 퍼졌다. 그와 동시에 숨겨 놓았던 줄을 두 사람이 동시에 잡아 올려 팽팽히 당겼다!

이히히히힝!

맨 앞에서 말을 달리던 이는 이상함을 감지했는지 거칠게 말의 옆구리를 차 줄로 막혀 있는 곳을 날아올랐지만, 뒤 따르던 이는 그러지 못했다.

한 마리가 고꾸라지니 꽁지에 붙어가던 다음 말까지 뒤엉켜 바닥을 휩쓸었다.

동시에 길 양쪽에 숨어 있던 이들이 모습을 드러낸다.

"쳐라!"

조겸의 목소리가 쩌렁쩌렁 울려 퍼졌다.

"습격이다!"

말을 탄 이들이 잠시 우왕좌왕하는 거 같았으나, 이내 정신을 차렸다.

선두에 달리다 줄을 뛰어넘은 뒤 다시 말머리를 돌려

되돌아온 강 천호의 입꼬리가 말려 올라갔다.

자신은 수하들을 허투루 훈련시키지 않았다.

그리고 이내 익숙한 얼굴을 발견하곤 눈가에 주름을 잡았다.

"여어. 윤 천호, 오랜만이군."

강 천호는 항상 자신과 정반대되는 자리에서 정반대되는 평가를 받는 사내를 향해 중얼거린다.

사람들은 참 이상했다.

열이면 열, 뒷구멍에서 윤중현과 자신을 비교할 땐 그를 자신의 윗줄에 올려놓는 것이다.

마치, 자신이 떨어지는 실력을 대신해 황학용의 비위를 맞춰주고 고깃덩이를 받아 먹으며 부당하게 그보다 높은 대우를 받는다는 듯이.

정말 모르고 하는 소리였다.

"황 대인이 그런 만만한 사람이 아닌데 말이야."

게다가 자신은 출세하고 싶어 비빌 언덕을 찾아 황학용에게 머릴 숙인 게 아니었다.

만약 그러지 않았다면 기마대까지는 아니어도 크게 떨어지지 않는 병사들을 훈련시키고 값비싼 말을 어찌 받아낼 수 있었을까?

자신이 원하는 곳에서 일하며 필요로 하는 걸 즉각, 즉각 얻을 수 있었을까?

편했기 때문이다. 어차피 시키는 대로 싸워야 하는 아랫놈들 조금 더 잘해줄 수 있었기 때문이다.

그 예로, 많은 이들이 자신에 대해 수군대도 정작 자신의 밑에 있는 이들은 절대 다른 곳으로 전출되 가려 하지 않았다.

그러니까 사람들의 입놀림으로 알 수 있는 건 아무것도 없는 것이다.

실전이 아니면 칼을 휘두르지 않는 윤중현이었고 자신들은 같은 편이니 지금까진 싸워본 적이 없었지만.

오늘 결판이 나겠군.

누가 진짜 강한지에 대해서!

쏘는 것 같은 시선을 느꼈는지 윤중현이 강 천호가 있는 쪽으로 고개를 돌렸다.

하나 손은 말 위에 있는 강 천호의 직속 수하들을 베고 있다.

"윤 천호님! 빠지실 땝니다!"

자신들은 발을 푹 담그는 게 아니라, 발끝만 살짝 적셔 간만 본 뒤 물러나야 했다.

원래 계획대로라면, 강 천호를 비롯해 성도 수비대의 추격대를 치고 빠지길 반복해 가며 유청 일행이 가는 방향으로 이동해야 했으니.

설마, 가뜩이나 부족한 인원을 갈라 미끼를 만들어 놓

고서 기껏 꼬리를 데리고 제 일행이 있는 쪽으로 다시 갈 거라고 누가 생각하겠나?

그러니 적들은 자연, 윤중현과 병사들이 자기들을 제 일행이 섬서를 빠져나가는 경로와 다른 쪽으로 유도하기 위해 무리한 공격을 하고 도망치며 흔적을 남기는 거라고 적들이 오해하게 하는 게 이 작전의 중요한 부분이었다.

물론 모두가 속을 거라곤 생각지 않는다.

속는 사람도 있고 아닌 사람도 있고, 한 발 더 나가는 이도 분명 있겠지.

사람인 이상 저가 신경이 쏠리는 부분에 힘이 실리는 건 당연지사고.

이번 추격대에 가담하고 있는 이들의 면면은 일정하지 않고 다양했다. 말 그대로, 서안성 내의 일반 병사와 도지 휘사사의 무인들. 그리고 성 밖에 있던 강 천호와 성도 수비대 등.

하나가 어긋나면 세 개, 열 개 어쩌면 백 개로까지 갈라지게 될 수도 있다는 뜻.

저들 사이에 혼란이 일면 일수록 아군은 유리해지니 뭐든 던져 보는 게 나쁠 게 있겠나.

"윤 천호님, 어서요!"

조겸이 윤중현을 재촉하지만 그는 쉽사리 움직일 수 없었다. 저 사내에게서 눈을 돌리는 순간, 사내는 자신을 향해 짓쳐 들어 빈틈을 노릴 테니까!

그것은 단 한순간 생과 사를 가르는 칼날이 될 게 분명했다!

채앵, 챙!

병장기가 부딪치는 소란스러운 전투 속에 오직 서로만 있다는 듯 상대를 노려보는 두 사람.

먼저 움직이는 쪽은?

윤중현이었다!

카앙!

검과 검이 맞부딪쳤다.

검의 울림이 천하로 퍼져 나갔다.

●　　　　●　　　　●

"섬서가 떠들썩하다지요?"

"그분께서 덮어 두셨던 것이 세상 위로 흘러넘치니 후일이 두렵습니다."

너도 나도 한마디씩 하며 한숨을 보탠다.

그렇지 않아도 요즘 폐하의 심기가 불편해 왜 가시방석이 따로 없었던 것이다.

오랜 시간 정계에서 버티며 자신들의 목숨을 몇 번이나 구해주었던 촉이 알려줬으니까.

이번에 몰아칠 폭풍은 참으로 거칠고도 사나울 것이라
고!

옆 사람과 혹은 기다란 상 건너편에 앉은 이와 소란스
레 이야기를 나누는 참석자들과 달리 이청강은 술잔을 손
에 쥔 채로 조용히 침묵하고 있었다.

황태자 주태민이 황제에게 청해 근신은 겨우 풀렸지만
복직 전, 대기 상태인 상황에서 이런 자리에 참석하는 건
오해를 불러일으킬 여지가 있었으나 황태자와 이경찬을
생각해 내키지 않는 걸음을 했다.

그에게 이런 자리는 언제나 편치 않고, 쉬이 익숙해질
수 없는 분위기였다.

"어르신께선 어찌 생각하십니까?"

누군가 이청강을 향해 물었다. 이청강이 술잔을 내려다
보던 시선을 소리가 돌려온 쪽으로 향했다.

"무엇을 말인가?"

대학사 쪽 계파에 속해 있던 젊은 문인이 이청강에게
눈도장이라도 찍을 요량인지 기죽지 않고서 고개를 빳빳
이 쳐든 채 다시 말했다.

"섬서의 사태와 맞물려 향후 우리의 나아갈 바에 대해
서……."

"지금까지 그것도 모르고 여기 앉아 있었던 거라면, 나
는 자네가 자네의 의지도 생각도 없이 그저 부친이나 스

승 되는 이 뒤를 쫓아와 자리만 차지하고 앉아 있었다고 생각하게 될 거 같네만."

그의 말을 단번에 잘라 버린 뒤 뱉어내는 이청강의 질책에 젊은 문인이 눈을 깜빡거렸다.

"네?"

"설마, 진짜 몰라서 물었던 겐가?"

"그, 그게……."

젊은 문인의 고개가 점점 숙여지더니 완전히 바닥에 처박혔다.

공기가 차가워지자 괜히 주눅이 든 다른 젊은 관료들 또한 입을 꾹 다물고 서로 눈치만 살폈다.

결국 호인 소릴 종종 듣는 정삼품 예부시랑 고우명이 가볍게 농을 건넸다.

"형부상서께선 언제나 말이 매우십니다, 하하!"

듣는 이가 받아줄 마음이 없다 보니, 별 소용은 없었지만 말이다.

자기 탓으로 고요해진 주위를 살펴본 이청강이 자리에서 일어났다.

"나는 이만 가봐야겠군. 그럼 이야기 계속 나누시게나."

왜 벌써 가시냐는 인사치레나 조금 더 있다 가라는 잡는 시늉 따윌 하는 이가 없다.

젊은 관료들이야 좀 전의 일로 부담을 느껴 그런 게 맞았지만, 고우명 같은 이들까지 그런 이유로 입을 열지 않았을 리가 없지 않나.

그들이 누군데.

그 무서운 황제 아래서 머리 위로 살풍(殺風)이 스쳐 지나가도 산들바람 맞은 듯 웃으며 버렸던 사람들이 아닌가.

그러니 딱히 어떤 이유가 있어서라기 보단, 그들이 이청강의 성격을 너무 잘 파악했기 때문이었다.

그는 간다고 하면 그냥 가는 사람이고, 굳이 해도 그만 안 해도 그만인 소릴 해봤자 좋은 대답이 돌아오지 않을 게 뻔했으니.

이청강이 나가자 젊은 관료들이 깊게 숨을 내쉬었다.

"얘기로만 들었지, 직접 대하니 오금이 저립니다."

"예끼! 그럼 자네들 같은 애송이가 형부상서 어르신을 제대로 상대할 수 있을 거 같았나?"

고우명이 손사래를 쳤다. 그건 자신들 같은 정계의 중진들에게도 벅찬 일이었다.

"저분을 이런 데서 뵙는 거 자체가 예전엔 생각도 못할 일이었지. 그나마 이 모임이 황제 폐하께서 연이상단주에게 베푸는 특혜가 부당함을 아뢰고 태자 전하의 입지를 세워드리자는 취지에서 만들어진 것이기에 참석하신 거지. 황제 폐하께 불충하거나 불온한 기미가 조금만 엿보였다면 아무리 태자 전하의 도움을 받고 하나뿐인 아들이 태자 전하 편에 서 있다 해도 절대 오지 않으셨을 게야."

동료의 말에 고우명이 고개를 끄덕여 동의를 표했다.

역설적으로 말하면, 그런 이청강이 이곳에 얼굴을 비췄다는 사실 하나만으로도 커다란 힘이 됐다는 뜻.

신하된 도리로, 폐하께서 잘못된 길로 가신다면 말려야 할 책임이 있지 않겠나.

섬서에서의 일이 선을 넘어섬으로써 시발점이 됐고, 인재 모으길 즐겨 하던 황태자가 본격적으로 손을 움직이니 세력은 금세 불어났다.

이 모든 게 충의(忠義)에서 시작된 것이라 해도 폐하께선 불같이 노하실 테지만.

연이상단주의 과실이 중인환시에 명백히 드러나면, 아무리 그분이라 해도 계속 감싸기만 하실 순 없으실 것이다.

이들은 북경을 향해 달려오는 증거가 빨리 도착하길 그리고 진천뢰의 행방을 쫓고 있는 금의위 도독의 아들 양효림이 어서 큰 공을 세우길 간절히 바랐다.

"오셨습니까?"

이가장에 도착하자 문 앞에 나와 기다리고 있던 이경찬이 아버지에게 다가가 인사를 했다.

"그래. 들어가자꾸나."

이청강이 아들과 함께 대문 안으로 들어섰다.

"가셨던 일은……."

"여러 사람을 만났다. 정쟁을 벌이고 전횡을 일삼는 무리들과는 비교도 할 수 없이 바른 이들이지. 한데도 마음이 편치 않았다. 그리 모여 있으니 무리를 지어 폐하께 힘을 행사해 자기들의 뜻을 관철시키려는 이들과 다를 바가 없이 뵈지 않느냐."

물론 그런다고 통할 폐하가 아니시고.

힘을 행사하기는커녕, 무리를 지어 주청해야 되돌아올 벼락을 나눠 맞을 수 있다 여기는 게 빤히 들여다보여 어찌 생각하면 안타깝기까지 했지만.

"하나, 아버님. 태자 전하를 한 번은 지켜줄 수 있는 분들이세요."

지금의 이경찬에겐 그 사실이 가장 중요한 듯.

"알고 있다."

언제부터인지 몰라도 형부상서 이청강의 아들 대신 황태자의 심복으로 먼저 불리기 시작한 아이인지라 왠지 아들을 태자 전하께 빼앗긴 거 같다는 불충한 생각마저 머릿속에 물씬 피어올랐다.

"……죄송해요, 아버님."

이경찬이 머릴 숙인다.

"무엇이?"

"저 때문인 거죠?"

아니라면 절대로 아닌 이청강이, 아닐지도 모른다고 생각하면서도 그런 모임에 참석한 이유.

"내가 정말 아니라고 생각했다면 아무리 너를 위해서라 해도 가지 않았을 게다."

그래서 이경찬은 아버지를 항상 존경했다.

자신이 생각하는 옳은 삶의 기준이자 세상을 재는 잣대로서 아버지는 가장 훌륭한 스승님이셨다.

"마음이 놓입니다. 앞으로도 꼭 그래 주세요. 저로 인해 아버님의 원칙이 깨어지는 건 절대로 바라지 않습니다."

어른스럽게 말하는 모양새가 제법 갖춰졌다.

그리고 보면 유청이를 대장이라 부르던 아이가 언젠가부턴 그러지 않게 됐고.

하남의 이야기를 하는 일이 줄어들었다.

"경찬이 너는 지금의 생활이 좋으냐?"

다소 뜬금없는 말이었으나 경찬은 의아해하기 보단, 공손히 대답했다.

"좋다, 싫다. 라는 말로는 표현하기 어렵습니다. 다만 저는 할 수 있는 걸, 해야 할 것을 하면서 열심히 지내고 있습니다."

"복잡하고 어려워졌구나."

"그런가요?"

그렇단 말을 삼킨 이청강이 다른 걸 물었다.

"너는 태자 전하께서 황위에 오르시길 바라느냐?"

"그분만큼 그 자리에 어울리는 분이 또 어디 있겠어요?"

녀석의 얼굴에 한껏 자랑스러움이 배어 나온다.

위험하지만, 틀린 말은 아니었다.

습관처럼 손을 들어 아이의 머리 위에 올려놓으려던 이청강이 멈칫했다.

예전보다 팔을 너무 높이 들어 올려야 했던 탓이다.

이청강은 아들의 머리를 쓰다듬는 대신, 다른 걸 선택했다.

"오늘은 술이나 한잔하자꾸나. 원래 첫 술은 아비에게 배우는 법이다."

이청강이 앞서 걸어가자 이경찬이 조용히 그 뒤를 따랐다.

술은 태자 전하와 이미 마셔보았지만 굳이 얘기할 필요는 없겠지.

그보다는…… 아버지의 등을 바라보며 걷는 이경찬의

머릿속이 복잡했다.

일전에 알게 된 믿을 수 없는 사실을 아직도 얘기하지 못하고 있었다.

만약 해야 한다면 딱 좋은 기회가 되긴 할 텐데.

대체 뭐라 얘기를 해야 하는가?

황궁에서 일어나는 나쁜 일의 원흉이 황제 폐하라고?

벌써 오래전에 잘려 나가 사라졌다는 그분의 여섯 번째 손가락이 거짓의 증거라니, 그건 또 뭐고.

이게 말이나 되는 소린지조차 모르겠다.

처음 얘기한 이가 유청이 아니었다면, 귀 기울이지도 머릿속에 담아두지도 않았을 정도로.

이경찬은 유청이 빨리 와서 녀석에게 모든 얘길 털어놓고 물어보고 싶었다.

네가 아는 것은 무엇이냐고.

그리고 그 꿈속의 태자 전하께선 어떤 모습이셨냐고.

어떤 어려운 일도 척척 해결해 내는 유청이 이번 일도 그렇게 해줄 거라고 이경찬은 믿었다.

하나 걸려 있는 목숨이 너무 많아 어깨를 짓누른다.

"한숨 소리가 계속 들리는데, 무슨 걱정거리라도 있는 게냐?"

앞서 가던 이청강이 잠시 걸음을 멈춘 뒤 고개를 뒤로 돌리며 말했다.

"아닙니다. 요즘 잘 움직이질 않아서 그런가, 조금 빨리 걸었더니 숨이 차서 그럽니다."

"그래?"

이청강이 다시 걸음을 걷는데, 방금보다 훨씬 내딛는 속도가 느려진다.

자꾸 아버지를 속이게 되는 거 같아 이경찬의 가슴이 뜨끔거렸다.

북경의 고위 관료들은 물론 황제와 황태자까지 주의를 기울이고 있는 폭풍의 눈은 지금 이 순간에도 계속해서 주변을 휩쓸며 북경을 향해 이동하고 있었다.

第七章

아아, 북경!

"씨버럴!"

걸쭉한 침을 잇새로 찍 뱉어낸 유청이 쌍욕을 중얼거렸다.

머리는 봉두난발이요, 옷은 성한 곳이 없고. 여기저기 묻어 있는 핏물에 독기로 가득 차 형형히 빛나는 눈동자까지!

밤에 보면 원한 맺고 죽은 귀신을 만난 거라 착각해도 할 말이 없을 정도였다.

"이제 너랑 다시는 북경 안 온다."

나채환의 말에 유청의 눈이 휙 돌아간다.

"이 자식아, 이번엔 너 때문이거든?"

이게 누구한테 뭘 갖다 붙이려 들어!

그리고 어렸을 적 가출했을 때 길 좀 헤맨 거랑 산적들 좀 만난 거랑 섬서에서 여기까지 오는 동안 피 칠갑을 한 채 달려와야 했던 지금이 어떻게 비교가 되나!

"유청이 너랑 올 때만 이 꼴이 된다는 게 중요한 거다."

나채환이 가볍게 튕겨 버렸다.

윗입술을 반쯤 까뒤집은 채 씩씩거리던 유청이 이내 고개를 설레설레 흔들었다.

그래, 누구 때문이면 어떠냐.

'누가 우리를 엿 먹였는지'가 진짜 잊어선 안 될 사항이지!

유청이 송곳니를 드러낸다.

정말이지 전생에서부터 이번 생애까지 도망이라면 지긋지긋할 만큼 다녀봤지만 이건 정말 최악이었다.

관군을 상대하는 건 섬서에서가 끝이라고 여겼는데, 딱히 그렇지도 않았던 것이다.

섬서를 빠져나와서도 각 지방의 관군들이 유청 일행을 막아서고, 또 추격해 왔다.

그리고, 거친 뒷골목 왈패들이나 강한 무공을 이용한 무림인들의 추격전과는 궤를 달리하는 군의 행동력은 유청을 정말이지 질리게 만들었다.

질보단 양으로 밀어붙여 흘러야 할 피를 몇 십, 몇 백 배 많아지게 했다.

가장 끔찍했던 건 서슴없이 일반 백성들을 다치게 하고 수색에 이용했다는 것!

왈패들은 관이나 무림 문파의 눈치를 보느라, 무림문파들은 각자 체면을 차리느라 일반 백성들을 직접 건드리는 일은 드물었는데.

관은 그런 게 없었다.

중요한 건 오로지 결과라는 듯이 날뛰었다.

자신들이 북경에 닿을 때까지 대체 얼마나 많은 병사들이 움직이고 백성들이 다쳤을까?

차라리 무공이 없거나 약한 이들은 뿌리치고 달리기나 하면 됐지 어중간한 무공에 공을 세우겠다는 독기까지 있는 이들은 상대하기 더 어려웠다.

"그래도 이젠 다 왔으니 다행이지 않습니까? 이대로 황궁으로 바로 가서 태자 전하를 봬야지요."

윤수일이 말했다.

일행이 고개를 끄덕인다. 오는 동안 다친 이도 많았고, 더 이상 볼 수 없게 된 얼굴도 있었다.

남에게 소중한 걸 빼앗아간 이들에게 그 대가를 치르게 해야 했다.

"어? 저기 보세요."

손정우가 맞은편에서 다가오는 한 무리의 병사들을 검지로 가리켰다.

"북경의 성문이 코앞인데, 연이상단주가 아직도 허튼 수를 쓰는 건 아니겠지?"

나채환이 중얼거렸다.

북경은 황제가 있는 자금성이 있는 곳이지 않은가.

아무리 그가 연이상단주를 총애하여 그의 모든 것을 덮어주려 한다 해도 제 눈 바로 아래에서 수작질을 부리는 것까지 참아 넘겨줄까?

"넘겨줄지도."

시큰둥한 어조로 유청이 양어깨를 으쓱거리며 말했다.

미친놈 생각을 어찌 정상인인 자신들이 이해할 수 있을까.

베푸는 황제도 미친놈이고, 받아 처먹는 연이상단주도 제정신은 아닌 것 같으니 무슨 일이 일어나도 이상하지 않을 거 같았다.

자신들에겐 오십 장 너머에 있는 성문을 통과하기만 하면 끝날 일이지만, 적들에게 있어서 저 오십 장은 마지막 남은 구명줄의 길이일 터.

북경 성문 안이 아니라면 거리의 길고 짧음과 상관없이 바깥은 모두 다 똑같은 밖이라고 여길지도 모르지.

척척 걸어온 병사들 중 우두머리로 보이는 중년 사내가

정확히 나채환 앞에 가서 섰다.

"기다리고 있었습니다. 북경 내 분위기가 심상치 않아 조용히 움직일 수 있게 안내를 하라고 태자 전하께서 보내셨습니다."

"그런가?"

나채환이 사내를 위아래로 훑어본다.

사내는 물론 그와 동행한 이들에게선 조금의 살기나 수상한 점이 느껴지지 않았다.

무공을 제대로 익힌 듯 보이는 눈앞의 중년 사내라면 모를까, 병사들까지 저리 기운을 잘 갈무리할 수는 없는 노릇.

진짠가?

"이쪽으로 오시지요."

나채환의 싸늘한 시선을 낯빛 하나 변하지 않고 받아낸 사내가 일행을 정문이 있는 쪽이 아닌 성벽이 죽 이어진 측면 방향으로 이동시켰다.

얼마나 걸어갔을까.

성문과 통하는 대로변에서 꽤나 떨어진 으슥한 가장자리에 도착하자마자 한 무리의 인원이 불쑥 튀어나왔다.

"으아아악!"

놈들은 안내를 위해 나타났던 사내와 동행했던 병사들까지 무참히 베었다.

처음 보냈던 이들에겐 정말로 유청 일행을 마중 나가는 거라고 속여 기운이 흐트러지지 않게 했었던 모양.

본격적인 싸움이 시작되자, 상황을 이해하지 못해 우왕좌왕하다 전투에 휘말린 병사들의 희생이 점점 커졌다.

의혹을 덜 사고, 긍정적 추측 한 가닥 따위를 주기 위해 저 많은 목숨을 미끼로 내던지다니.

제 주인들 닮아서 더럽기 이를 데 없는 짓을 아무렇지도 않게 하는 게 눈에 너무 거슬렸다.

퍽!

저를 향해 칼을 날리는 무사에게 주먹을 내리꽂아 준 유청이 눈가를 찡그렸다.

유청 일행이 그 끝없는 추격과 공격 속에서도 살아남아 여기 있을 수 있는 건 단 한 가지 이유 때문이지 않겠나.

자신들이, 저들보다 강하다는 것!

적이 쓰러지는 속도가 빨라졌다.

북경을 떠났을 때와 돌아온 지금, 초린대의 실력은 최소 두 배 이상 차이가 나리라.

실전은 그 어떤 수련보다 우월했다.

유청은 이대로 필요 없는 희생을 늘리는 대신, 간단한 방법을 택하기로 했다.

"성벽까지 뛰세요!"

크게 외친 유청이 저 먼저 얼른 뛰어간다. 싸우다 말고 놀란 초린대가 반격을 허용할 뻔했으나 뛰어난 임기응변으로 상황을 수습하며 몸을 뺀다.

"잡아라, 잡아!"

습격을 감행한 이들 중 하나로, 풍기는 분위기로 보건데 무관으로서 지위가 제법 높을 거 같은 남자가 목이 터져라 외쳤다.

그들이 성벽이 있는 쪽으로 달려가는 유청 일행의 꼬리를 문다.

어차피 저대로 뛰어가 봤자 성벽밖에 더 있겠나. 정문 쪽으로만 가지 못하게 막아선 뒤 잡으면 될 터.

한데.

퍼엉, 펑!

유청이 그들의 바람을 가볍게 짓밟아 줬다. 녀석의 손에서 뿜어져 나온 기운이 성벽을 거세게 때린 것이다.

그 뒤를 잇는 쩌렁쩌렁한 목소리.

"살려 주세요! 웬 미친놈들이 칼 들고 쫓아와요!"

기운을 실어 저 정도로 외쳤다면 성벽 위는 물론 성벽 건너편까지도 분명 다 들렸으리라.

다분히 의도적인 욕이 섞인 유청의 외침에 성벽 인근이 한층 더 소란스러워졌다.

적들이 미리 안배해 이쪽 부근의 무관들을 매수해 뒀다 해도 소용없으리.

일이 너무 커질 테니까.

우리는 벌써 많이 먹었으니, 남은 건 니네가 다 처먹어라, 엿!

팡! 팡!

부서트리려는 게 아니라 소리만 터트리는 진동이 몇 번 더 이어졌다.

"하여간 요란스럽게도 등장했다."

딱 유청이 너답게.

소식을 듣고 달려 온 이경찬이 핀잔을 줬다.

물론, 말은 그리하면서도 얼굴 가득 안도와 반가움이 깃든 게 여실히 느껴졌지만.

"잘 지냈냐?"

유청의 인사에 이경찬이 입맛을 다시며 딴청을 피웠다.

여전히 거짓말 따위 잘못하는 녀석.

"어르신께선?"

나채환은 다른 어떤 것보다 이청강의 안부부터 묻는다.

"괜찮으셔. 그런 상태론 황궁에 갈 수 없으니 일단 이 가장으로 가서 씻고 휴식을 취하며 태자 전하의 지시를 기다리는 게 좋겠다."

유청이 소릴 지르기 시작한 시점부터 전투의 양상이 변했다. 성벽 위는 물론 성문 쪽에 있던 성문수비대의 주의를 끌었고 조금 버티던 적들은 결국 도망쳤다.

느릿하게 도착한 성문수비대는 어찌할 바를 몰라 눈치만 살피고, 유청 일행은 이대로 황궁에 가도 좋을지에 대해 고민하느라 이가장에 기별을 넣고 대기하고 있던 차.

드디어 결론이 내려지니 성문수비대가 눈에 띄게 얼굴이 맑아져 있었다.

거기엔 여러 가지 이유가 있었겠지만, 가장 큰 건……
너무 멀쩡한 얼굴로 아주 손쉽게 성벽을 흔들어대며 살려 달라고 난동을 부린 유청의 모습이 너무 인상적이었기 때문인 듯.

살려 달라는 이보다 죽이겠다고 쫓아오던 놈이 더 겁을 먹고 있는 광경은 사실, 그리 보기 쉬운 일은 아니었으니까.

몇 가지 확인이 있은 후, 일행은 이경찬의 뒤를 쫓아 이가장으로 향했다.

"저들인가?"

"황제 폐하께서 저들을 어찌 처리하실지가 관건이군."

어느새 소문이 쫙 퍼졌는지, 체면치레하기 좋아하는 북경의 고관대작들이 무거운 엉덩이를 움직여 나와 있었다. 드문 일이다.

"하여간 사람들은 남의 일 구경하는 거 진짜 좋아한다니까?"

유청이 주변을 휘휘 둘러본 뒤 혀를 차자 이경찬이 말했다.

"이게 왜 남의 일이겠어. 너희가 어떻게 되느냐에 따라 저들이 스스로를 보호할 자구책과 앞으로의 정쟁에서 내 세울 공격책의 방향을 어떻게 할지가 정해질 텐데."

아주 간단한, 하나 송두리째 결론을 뒤엎을 조건 하나가 여전히 지속될지 빠질지가 얼마나 궁금하겠나.

연이상단과 서경왕 주익의 세력, 말이다.

이번 일에 직접적 연관이 있는 이들이 아니더라도 충분히 관심 쏟을 수밖에 없는 일이었다.

폭풍이 불어닥쳤을 때 집중 피해를 받지 않았다고 해서 여파까지 피할 수 있는 건 아니니까.

"아, 진짜. 인기 많은 거, 너무 피곤한데."

유청이 머릴 쓸어 넘기며 익숙하다는 듯이 투덜대자 이경찬이 피식 웃었다.

유청이 녀석의 말은 어디까지나 사실이었으니까. 비록 아주 나쁜 쪽이라서 전혀 부럽지 않다는 진실은 제쳐 두고서라도.

이경찬이 입을 연다.

"너흰 지금 불덩이 속에 쏟아진 화약 더미나 마찬가지야. 다들 무서워하면서도 눈을 뗄 수가 없지."

연이상단주가 불을 놓고, 황태자가 화약을 넣었다.

"흐응. 내가 그렇게 뜨거운 남자라니. 그럼 북경에 있는 이들 중 가장 좋아하고 보고 싶은 사람 품으로 달려가 격하게 앵겨 볼까?"

예를 들자면, 연이상단주라든지 아니면 연이상단주라든지, 혹은 연이상단주라든지.

뭐, 정 힘들면 서경왕 주익이라도.

"좀 참아, 나중에."

무슨 생각을 하는지 뻔히 들여다보였던 이경찬이 고개를 저으며 유청을 달랬다.

"쳇!"

유청이 입을 삐죽 내밀며 고개를 휙 돌리는 데…… 이 녀석은 정말 하나도 안 변했다.

보기만 해도 마음이 놓이는 유청이. 경찬은 오랜만에 편안히 웃었다.

일행이 푹 쉴 수 있도록 한 뒤 이가장을 나선 경찬은 곧바로 황궁으로 갔다.

가는 동안에도 피부로 따갑게 느껴지는 것은, 자신들이 이미 폭풍에 한 발을 내딛고 있다는 사실.

눈에 들어오는 모두가 이경찬 자신을 주목하고 있었다.

"태자 전하, 저 왔습니다."

"들어오라."

황태자 주태민의 대답에 문을 열고 안으로 들어선 이경찬은 의자에 나른하게 등을 기대곤 책을 읽고 있는 그를 발견했다.

"일단 이가장에 데려다 놓았습니다. 전하께서 부르시면 언제라도 입궁할 수 있습니다."

"잘했다."

주태민은 책에서 눈을 떼지 않은 채로 대답했다.

이경찬은 더 이상 말을 붙이지 않고 가만히 서서 그가 하던 일이 끝나길 기다린다.

사락거리며 책장 넘어가는 소리만 간간이 되풀이됐다.

그러다 이윽고 책이 한쪽으로 완전히 쏠려 더는 넘길 게 없어진 뒤에야 주태민은 고개를 들었다.

"참 재미가 없구나."

사람을 한참이나 기다리게 한 뒤에 하는 말 치곤 참 어이없었다.

재미도 없는 걸 굳이 읽기 시작했다는 이유로 끝까지 보고야 마는 건, 한 번 시작한 건 절대 멈추지 않는 주태민의 성격에서 기인한 걸까?

"다음부터 읽고 싶으신 책이 있으시면, 제게 말해주십시오. 먼저 읽어본 후 재미가 없으면 없다고 말씀드리겠습니다."

이경찬의 대답에 주태민이 혀를 찼다.

다른 이들처럼 비위를 맞춰주는 단 소리라곤 전혀 할 줄 모르는 녀석이 묘한 데서 무르고.

그래서인지 훨씬 더 달다.

"너는 나를, 책 읽는 것까지 신하의 도움을 받아야 하는 바보로 만들어 휘두를 셈이더냐?"

그럼에도 불구하고 곱게 받아 주지 않는 것도, 그냥 성격 탓이라고 해두자.

"그 정도로 바보가 된다면, 태자 전하께 문제가 있는 겁니다."

할 말은 하고야 마는 경찬도 마찬가지.

"쯧."

황태자 주태민이 혀를 찼다.

몇 번 오간 대화로 물꼬가 터지나 싶었으나, 다시 침묵.

주태민이 의자에서 일어났다.

"가보시겠습니까?"

"그래, 더 늦으면 독대를 청하기에 시간이 너무 늦은 게 되지 않겠나."

시간의 문제라기 보단 황제가 독대를 받아들일지를 확신할 수 없었지만, 주태민은 그렇게 말했다.

그는 오늘 안에 황제와 결판을 짓고 싶었다.

"만약……."

이경찬이 조심스레 입을 떼자 주태민이 처소를 나서려

다 말고 걸음을 멈췄다.

"이레다. 이레 안에, 독대가 받아들여지지 않으면 여드레째 되는 날 있을 정례회의 때, 문무 관료들 앞에서 문제를 제기하겠다."

"태자 전하!"

이경찬이 정색을 했으나 주태민이 입꼬리를 건조하게 끌어당기는 모습에 말을 잇지 못했다.

"그럼 어찌하냐. 나는 아버지의 아들이란 자린 포기할 수 있지만, 허수아비 황태자란 건 용납할 수 없는 걸."

이것은 주태민에게 남은 마지막 기회였다.

뜯어 먹힌다 해도, 버려지는 것보단 낫다!

숙부인 서경왕 주익이 연이상단주를 만나기 전, 어찌 살아왔는지 익히 들어 알고 있는 주태민이기에…….

자신은 그렇게 살 수 없음을 확신했다.

황태자 주태민은 태어날 때부터 빛 아래 있던 존재이고 앞으로도 그래야만, 살아갈 수 있었다.

"너는 날 위해 죽을 수 있느냐?"

주태민이 이경찬에게 물었다.

이경찬은 고민하지 않았다.

"제 목숨이 필요하시다면 언제라도 내어 드리겠습니다."

가벼이 입 밖에 내 지껄이는 말이 아니다.

누군가를 주인으로 모시고 그분을 위하는 마음에 있어 어찌 망설임이 있을 수 있을까.

그러지 못할 정도라면 처음부터 받아들이지 않았을 터였다. 하지만.

"그럼, 너는 날 위해 배신할 수도 있느냐?"

"전하?"

누구를, 이 빠졌으나 대충 짐작은 가지 않는가.

주태민은 이경찬이 주인인 자신을 위해 이가장을, 제 아비를 그리고 제 친우인 동심회마저 벗어 던지고 배신할 수 있는지 묻는 거였다.

대답은 쉬이 흘러나오지 않았다.

"하하! 그냥 해본 소리다. 신경 쓰지 말거라."

이런 걸로 이경찬의 충심을 의심하진 않는다.

주인인 자신을 위해 이경찬이 할 수 있는 모든 걸 걸 거라는 사실을 의심하지 않았다.

다만, 이경찬 자기 자신에 한해서.

"……서운하십니까?"

"내가 왜? 네 하찮은 대답에 그런 감정을 갖아야 하지? 그전에 내게 그런 감정이란 게 남아 있을 거 같으냐?"

"죄송합니다."

"알면 됐다."

중한 일을 앞두고 실없는 소릴 한 건 자신이면서도 주

태민은 빈소리나마 사과 한마디하지 않았다.

"가지."

주태민이 황제의 궁으로 가기 위해 처소를 나섰다.

발소릴 죽인 이경찬이 뒤에 따라붙었다.

주태민의 성격상, 이런 때에 독대가 거절당했다 하여 바로 되돌아올 이가 아니지 않나.

이경찬은 주인을 그 차가운 곳에 혼자 서 있게 할 수 없었다.

◐   ◐   ◐

"네 주인은?"

"안에 계십니다."

막수곤이 어두운 얼굴로 서경왕 주익을 맞이했다.

항상 분주했던 이곳이 이토록 음울해진 것이 연이상단의 쇠락을 대변하는 듯해 주익의 마음도 좋지 않았다.

주익은 이양수에게 눈짓을 해 막수곤 곁에 그를 남겨둔 후, 혼자 환성의 집무실로 들어갔다.

불도 켜지 않은 어두운 집무실 안에 홀로 덩그러니 앉아 있는 사내.

색이 연하고 선한 눈동자는 눈꺼풀 안으로 가려져 있다.

"완전히 포기한 거 같군."

"……갑자기 말입니다. 모든 게 벽에 부딪친 거 같습니다."

조금 괜찮아져서 숨통이 트이고 심기일전해 다시 도전하려 들면 더 큰 해일이 덮쳐드는 거다.

섬서에서의 일만 해도 그랬다.

그 정도 인원을 퍼붓고 세세히 신경을 쓰고도 결국 인의회와 연관된 화산의 일도. 초린대와 관련된 서안의 일도.

모두 실패했다.

초린대가 섬서에서 북경으로 오는 길을 막아서려 서경왕 주익과 함께 동원할 수 있는 모든 선으로 하여금 그들을 덮치게 했으나, 그 또한 성공하지 못했고.

성문 밖에서 방심을 노리고 내질렀던 마지막 한 수마저도 틀어졌다.

벌받는 건가?

대체 왜?

죄를 진 건, 환성 자신이 아니다!

"그 후, 초린대가 이가장으로 간 건 알고 있나?"

"밖에 저 사람에게 들었습니다."

심복인 막수곤을 가리키는 것이리라.

"그들은 왜 바로 황궁으로 가지 않았을까?"

"이런 상황에서도 폐하께서 그들의 편을 들지 않……아!"

탄성을 흘리며, 환성이 눈을 떴다.

"그렇다네. 폐하께서 여전히 의중을 내비치지 않으시니 섣불리 움직일 수가 없었던 거지. 그래서 황태자가 아까 폐하께 알현을 청했으나…… 거절당했다고 하네."

주익의 말에 환성이 눈을 깜빡였다.

아직도 기회가 남아 있다는 건가?

"정신 차리게나. 폐하께서 설마 자네를 모르는 척하실까? 일이 이렇게까지 됐어도 절대 못 내치시는 게 바로 자네네. 그분 인생에 아마 자네만이 특별한 예외가 될 테지."

그걸 믿고 수많은 관료들이 연이상단주 환성 밑으로 들어왔다.

황제 밑에선 바랄 수 없는 달콤한 것들을 쭉쭉 빨아들이고 나눴다.

군권을 전횡해 환성의 명령을 들어주고 뒷주머니를 찼다.

황제의 총애를 받는 건 환성뿐이니, 주익을 비롯한 다른 이들은 언제 황제가 내던지는 불벼락에 맞을지 모른다는 걸 알면서도……

그리 아끼는 의제가 자기들을 덮어 보호해 주면 폐하께

서도 모르는 척 넘어가 줄 거라 기대했으니까.

"하아!"

환성이 한숨을 내쉬었다.

마지막이 왔다는 허탈함에 진이 빠져 있던 차에 다가온 새로운 빛줄기가 왜…… 고맙다기 보다는 버거울까?

그럼에도 포기할 수 없는 건, 아직도 자신은 풀지 못한 응어리가 남아 있기 때문에.

후회는 하지 않지만, 너무나 미워 견딜 수 없는…… 교차하는 감정을 이고 지고 살 수가 없었다.

"정신 차리게. 말을 맞춘 뒤, 내일 입궁해 폐하를 뵙고 오해가 있었음을 아뢰야지."

"지금 용서받는다 해도, 남아 있는 게 없지 않습니까?"

"……새로 시작해야지. 연이상단의 자금 중 여기저기 뿌려 놓은 걸 회수하면 임시방편이지만 조금 더 버틸 수 있을 걸세. 그 뒤엔 혈사방에 있는 원형과 선을 대고…… 무림맹 인의회에 속해 있는 점창에 남은 빚을 받아내는 걸로 하여 힘을 키우세."

"서경왕 전하께서 그토록 황제 자리에 욕심이 있으신지 몰랐습니다."

환성 자신으로 인해 위험한 선택을 했다가 돌아가지 못하고 계속 내달린 건 욕심이 아니라 오기인 건가 싶어 미안한 마음이 들기도 했었는데, 주익이 원해 저리된 거라면 차라리 다행이구나 싶다.

"나는 이제 죽는 건 무섭지 않네. 그러니 사는 동안은 살아 있는 것처럼 살 것이네."

서경왕 주익의 무심한 눈동자엔 한 점 욕망도 깃들어 있지 않았다.

환성의 눈가가 미미하게 흔들리더니 그가 생긋 웃었다.

이런 진창에 빠져 있음에도 여전히 맑고 순수한 얼굴이다.

"알겠습니다. 저도 책임을 지겠습니다."

환성이 의자에 묻고 있던 몸을 일으키려는데.

"섬서에서 전갈이 왔습니다."

밖에서 막수곤의 목소리가 들려왔다.

"섬서에서? 누가 보냈다더냐?"

섬서에선 환성과 주익의 세력이 거의 박살나다시피 했다. 한데 대체 누가?

"황 대인입니다."

도지휘동지, 황학용 말인가?

"그것 보게나. 그가 서신을 보냈다는 거 자체가 그의 무사함을 말해주지 않는가. 우린 아직 괜찮네."

서경왕 주익의 말에 환성이 고갤 끄덕이더니 문 밖을 향해 입을 열었다.

"가지고 오게."

"네, 상단주님."

막수곤이 조심스레 문을 열고 들어와 얼룩이 묻어 있는 서찰을 건넸다.

◐   ◐   ◐

"아아, 그래서 지금까지 태자 전하랑 같이 벌서다 오는 길인 거냐?"

"어쩌겠냐. 태자 전하는 고집을 부리시고, 황제 폐하께선 눈 하나 깜짝 안 하시는 걸."

이경찬이 코를 훌쩍이더니 간지러운지 손등으로 비볐다.

오늘 거절당했으니 태자 전하는 아마 내일도 모레도…… 당신 스스로 말씀하신 대로 정례회의 전까진 황제 폐하를 찾아뵈러 갈 터.

옷을 좀 두툼하게 입고 가야겠다. 아까는 너무 가볍게 걸치고 간 듯했다.

"감기 걸린 거 아냐?"

"괜찮아. 따뜻한 차 한잔 마시면 괜찮아지겠지."

유청의 물음에 대한 경찬의 대답이 끝나기 무섭게 밖으로 나간 나채환이 찻주전자를 들고 들어왔다.

녀석이 찻잔을 앞에 놓고 따신 찻물을 따라주자 이경찬

이 두 손으로 찻잔을 잡아 온기를 받았다.

"할 말이 뭔데? 태자 전하께서 따로 언질 주신 거라도 있어?"

이경찬의 낯빛이 너무 나빠 유청은 걱정이 됐다.

"그게 아니라……."

찻물로 마른 입안을 적신 이경찬이 호흡을 고른 후 유청을 직시했다. 그리고 말을 이었다.

"예전에 내가 하남을 떠나올 때 유청이 네가 해줬던 말 기억나? 여섯 번째 손가락은 거짓의 증거이니 그가 한 약속은 한 줌 바람과 같다고 했던 거 말이야."

"어엉. 그런 말을 하긴 했었지. 그런데 그게 왜?"

"찾았어."

"누굴? 그 여섯 번째 손가락의 주인?"

유청은 제 예상과 다르게 흘러가는 이야기에 조금 당황했다.

사실 유청이 뭔가를 되묻는 일 자체가 극히 드물지 않은가.

"응. 근데 그 사람이 말이야. 그분이야. 하늘 아래 오롯이 홀로 서 계신 분."

뒤로 갈수록 목소리가 작아진 이경찬이 제 옆에 앉은 채환과 맞은편에 앉은 유청 두 사람에게만 들릴 정도로 속삭였다.

"허……."

저거 지금, 황제 폐하라고 한 거 맞지?

유청이 입을 쩍 벌렸다.

이건, 또 뭐니?

전생에 분명 황궁에서 일어난 반역죄와 연관되 나왔던 이야기였는데, 어찌 황제가 걸려든단 말인가?

살랑거리는 실오라기가 유청의 머릿속을 간질이며 스쳐 지나간다.

잡아야지, 잡아야지 손을 뻗는데 닿을 듯 말 듯 닿을 듯 말 듯 사라진다.

두통이 인 유청이 왼손에 턱을 괸 채 눈을 지그시 내리 감았다.

젠장.

하나 끝나면 또 하나. 세상엔 정말 쉬운 일이 없었다.

第八章

순환지리(循環之理)!

스산한 바람이 분다.

폭풍은 북경에만 불어닥친 게 아닌 듯. 같은 듯 다른 또 하나가 무림맹 하늘 위에 떠 있었다.

맹의 이곳저곳을 쓸고 닦고 살림을 꾸려 나가는 이들 사이로 한 가지 소문이 돌기 시작했다.

"정말이래?"

"제갈세가 처소 쪽에 청소를 담당하는 마춘이가 똑똑히 들었다네?"

"어쩌나. 어르신께 이야기 드려야 하나?"

"마춘이가 한다고 했으니 그냥 있어도 될 거야. 그래도 혹시 다른 얘기 듣게 되면 어르신이나 진 공자님 중 한 분께 알려 드려야지."

처음 시작은 소소한 몇 가지 정황이었다.

어느 가문, 어느 문파의 누가 어딜 가더라.

누구와 만나더라.

그 다음은 삼삼오오 모여 이야기를 나누던 이들의 대화 중 단어 한 개.

차를 가져갔을 때 나누던 이야기 중 한 토막.

한두 명이 아닌, 수십 수백의 눈과 귀가 모여 정리해 내자 제법 그럴싸한 정보가 됐고.

누가 시킨 것도 아닌데 동심회 식구들만 보면 손짓을 하고선 속닥속닥. 하나도 빠짐없이 전해졌다.

"편안히 주무셨습니까?"

무림맹에 온 후 동심회의 처소에서 머물기 시작한 권지묵에게 오자경이 인사를 건넸다.

"사실, 잘못 잤다네."

권지묵이 멋쩍어하며 대답했다.

퀭한 두 눈에 검은 그늘이 잔뜩 드리워 있어 그냥 뒤척이느라 잠을 잘못 자서 그런 거라고 하기에는 심했다.

"무슨 일 있으셨습니까?"

오자경이 걱정스레 묻자 권지묵이 머릴 긁적인다.

"나한테 있는 건 아니고……."

"아, 그 얘기 때문에 그러십니까?"

다른 문파들과의 반목이 심해져, 현재 맹을 비우고 있는 인의회를 제외한 중도파와 이가연합이 손을 합쳐 동심회를 칠 시기를 재고 있다는 것 말이다.

지방에서야 방귀 좀 뀐다 하는 권가장이지만, 무림맹에 오면 발에 차이는 게 자신 같은 이들이란 걸 왜 모를까.

못 올려다볼 나무가 있고 그건 자신과는 전혀 다른 세상의 이야기라는 건 이미 오래 전에 뼈저리게 느꼈던 바다.

그런데 지금, 자신이 속한 곳이 무림맹 거대 문파들과 부대껴 싸움이 날 거라 하니 심장이 두근두근.

밤에 잠이 안 왔다.

그런 때에 오현이 녀석까지 사고를 치니…… 더 환장할 노릇.

"이제 잊으십시오, 그건 오현이 잘못이 아니라니까요?"

오자경만이 아니라 동심회의 어르신들도 제갈세가로 찾아가야 했던 전후 사정을 듣고 난 뒤엔 꾸지람은커녕 오히려 말을 하지 그랬다며 당신들이 미처 신경을 못 썼다고 미안해 하셨다.

물론 권지묵은 아들놈이 간이 배 밖으로 튀어나온 게 분명하다며 한탄을 했지만.

제갈세가라니. 자신들은 쳐다보기도 힘든 하늘 같은 곳

이었다, 분명.

"어째 나만 소심해서 그런지 다른 분들은 다 멀쩡한 거 같은데 혼자 이런다네."

분명 저와 비슷한 규모의 가문이나 문파 출신이 많다고 들었는데도 이렇게 차이가 갈리는 걸 봐선 평소 놀던 물이 너무 달라 그런 거 같기도 하고.

같은 중소 문파라도 동심회란 큰 무리에 속해 강호의 세찬 파도를 여러 번 맞고 이겨낸 이들은 뭐가 달라도 다를 테니까.

"저흰 예전에 더하면 더했지, 절대 덜하지 않았었습니다. 큰일이 닥쳤을 때 불안해서 잠도 못 자고 밥도 못 먹고 날이 밝으면 진가장으로 달려가 진 장주님과 유청이에게 상담을 받고 나서야 겨우 진정을 했었지요."

옆에서 듣고 있던, 마진호의 아버지 마가장주 마봉구가 툭 끼어들었다.

처음 보면 쉽게 말 붙일 수 없는 험악한 인상의 소유자지만 몇 번 대화를 나눠본 결과 사람이 아주 좋았다.

하긴, 권지묵이 동심회 처소에 와서 만난 이들 중 별로였던 이가 어디 있겠나.

다들 훈훈하고, 믿음직스러웠다.

이런 사람들과 함께 어울릴 수 있다는 게 행운이라 여겨질 정도로.

"그럼 오늘 밤에 술이라도 한잔 함께하며 그때 이야기를 해주시겠습니까? 참고로 삼아 마음을 다스리는 데 쓰도록 하겠습니다."

"하하! 어느 분 말씀이라고 거절하겠습니까? 오현이 아버님께서 불러주시는데 당연히 가야지요. 저도 그때의 일을 말씀드릴 테니, 권 장주님께서도 어찌 그리 아들을 잘 키우셨는지 비법을 토해내셔야 할 겁니다. 제갈세가로 가서 직계의 공자를 제 친구라며 돌려달라고 하여 당당히 같이 나오다니요, 제 아들 진호는 둘째 치고 저도 꿈도 못 꿀 일입니다."

개방 장로의 애제자를 아들로 둔 사람이 저런 말을 하니 절로 어깨가 으쓱해진다.

오현이 녀석의 간이 배 밖으로 나온 건 분명해 보이지만, 아직 안 죽었지 않나.

앞으로도 죽지만 않는다면, 뭐.

좋게 생각하기로 한다.

"그러지 말고 다른 분들도 다 부르는 게 어떻습니까? 정신이 없어 지금까지 권 장주님 환영회도 못하지 않았습니까."

오자경이 제안했다.

화산파의 일과 유청에 대한 걱정으로 한동안 동심회가 고요했었다.

오자경은 괜히 분위기가 가라앉는 게 싫었다.

유청은 어차피 아무 일 없이 잘 돌아올 건데 왜 걱정을 하나?

말이 씨가 된다고, 말도 조심하고 생각도 좋은 쪽으로만 계속해야 원하는 방향으로 나아갈 수 있는 거다.

무림맹의 일도 그렇다.

계속 긴장해 있는 것보단 조금씩 늦춰줬다 다시 죄이길 반복하는 게 나으리라.

"좋은 생각이구나."

마가장주 마봉구가 눈을 크게 뜨더니 고개를 끄덕였다.

왜 자신이 그 생각을 못했을까 싶은 듯.

한 명이 말을 꺼내고 다른 한 명이 동의하자 이야기가 급물살을 타려는데 갑자기 반대표가 툭 던져졌다.

"환영회는 아무래도 다음으로 미루는 게 좋겠습니다."

불쑥 나타난 이는 진이현이었다.

"왜? 무슨 일인데?"

오자경이 미간을 찡그렸다.

"한동안은 술 마실 시간이 없을 거 같다."

"흐응……."

새로 생긴 버릇으로, 한쪽 눈을 가리고 있는 천을 손바닥으로 스윽 문지른 오자경이 작은 신음을 흘렸다.

마가장주 마봉구가 이현에게 묻는다.

"시작한 건가?"

"네."

"그들은 정말 어쩌려고 그런 끔찍한 일을 저지르려 하는 건지 모르겠네."

마봉구가 커다란 주먹으로 제 가슴을 쿵쿵 내려치며 한탄했다.

그러다 옆에 하얗게 질린 얼굴로 굳어 있는 권지묵을 발견하곤 조금 놀랐다.

"괜찮으십니까? 자리를 옮겨 좀 앉으시는 게 낫겠습니다."

마봉구의 권유에 권지묵이 숨을 길게 내쉰 뒤 천천히 걸음을 옮겼다.

"쩝…… 영 비실비실 힘이 없으신 게…… 그때 그거 진짜 소환단 맞아? 어째 약효가 별로 없는 거 같다."

오자경이 마봉구에게 부축 돼 걸어가는 권지묵의 뒷모습을 보고 중얼거린다.

오현이 유청이에게 만날 들들 볶이고, 동심회와 연관된 학관 일로 고생이 많아 안 그래도 뭣 좀 챙겨주고 싶던 차였다.

그러다 생각난 것이 바로 제 품 속에 굴러다니던 소환단!

녀석에게 직접 주면 과한 물건이라 여겨 절대 받지 않

을 거 같았기에 권 장주님이 오신 김에 선물 겸 해서 반억지를 써 기절하신 틈에 얼른 입에 넣어드린 건데. 이거 원.

권 장주님께서 약효가 잘 안 받는 체질이신 건가, 아니면 그나마 약효로 버텨서 저 정도인 걸까?

"홍개 어르신도 아니고, 목영 선사께서 주신 거니 가짜일 리 없다."

"안다, 알아! 나도 그냥 해본 말이다."

농담 반에 걱정 반을 섞어 한 말을 너무 진지하게 받아들이니 오자경이 허탈한 듯 고개를 설레설레 저었다.

"한 시진(時辰) 후 회의실에서 모이기로 했으니 늦지 말고 나와라."

"알았다. 웅이한테는 알려줬어?"

"찾아봐야지. 그 녀석이 끝이다."

"그럼 바쁠 텐데 가서 일 봐라. 웅이는 내가 찾아서 얘기 전하마."

오자경이 진이현을 향해 손을 바깥으로 내젓는다.

진이현이 몸을 움직이기 전 잊을 뻔했다는 듯이 당부했다.

"이따 또 얘기할 거긴 하지만, 오늘부터는 꼭 네 사부님과 함께 있어라. 혼자 하는 밤 수련도 안 된다."

오자경은 한쪽 눈이 안 보이게 된 후로 미묘하게 균형

감각이 달라져 쾌검을 쓰는 데 큰 문제가 생겼었다.

혹여 친구들이 알면 걱정할까 싶어 조용히 새로운 흐름에 익숙해지려 혼자 수련을 하던 중이었건만.

"어찌 알았냐? 이현이 너, 나 감시하냐?"

그럴 리 없다는 걸 알면서도 감추려 했던 게 드러나자 신경질이 난 오자경이 트집을 잡았다. 한데.

"난 아니고, 웅이."

"뭐?"

이런, 젠장. 그 곰 새끼가 왜 날 감시하는데?

바람난 마누라 뒤 밟는 것도 아니고!

"아무리 늦은 밤이라고 해도, 자경이 네가 수련하는 동안은 연무장에 사람이 한 명도 오지 않는다는 거 이상하게 생각 안 해봤나? 그것도 매일, 번번이 말이다."

그럼 그것도 곰 새끼가 밖에서 다른 사람들 못 오게 막고 있어서 그랬던 거란 건가?

"웅이 그 자식은 왜 시키지도 않은 짓을 하고 지랄이야, 지랄이."

오자경이 발끝으로 바닥을 툭툭 차며 인상을 썼다.

"안 시켰으니 하는 거지. 네가 하라고 했으면 필요해서가 아니라 괴롭히려고 그러는 거라고 여겨 안 한다고 버텼을 게다."

충분히 가능성 있는 의견이었기에 오자경은 일순 할 말

을 잃었다.

"그럼 웅이, 부탁하고 회의 때 보자."

진이현이 뒤이어 말한 뒤 잰걸음으로 사라졌다.

혼자 남은 오자경이 옆구리에 차고 있던 검 손잡이를 손끝으로 쓸어 보았다.

서늘한 기운이 손으로 전해지자, 까만 세상만을 보게 된 한쪽 눈에서 연하게 통증이 밀려왔다.

* * *

"듣긴 했네만, 이거야 원. 믿을 수가 없네, 아니 믿고 싶지가 않구만."

개방의 방주 상개가 눈가를 찡그리며 허탈한 어조로 대답했다.

그도 그럴 수밖에.

어떻게든 꼬투리를 만들어, 그걸로 동심회를 공격해 궁지에 몰아넣는 것 정도야 예상했었지만……

한밤의 암습이라니.

정도를 기치로 내건 정파가 할 일이 아닌 건 둘째 치고, 아무리 사이가 좋지 않다 해도 무림맹이란 하나의 이름 아래 모여 있는 동맹에게 그런 짓을 할 생각을 할 수 있을까?

생사를 도외시하고 인의를 돌보지 않겠다고 마음먹은 철천지원수가 아님에야.

"일전, 학관의 강 교두와 문제가 생겼을 때의 일을 기점으로 억눌러 놓았던 게 완전히 터져 나온 모양이군."

무당의 청기자가 수염을 쓰다듬는다.

그때 제갈건의 행동은 주의할 만했다.

탐욕으로 번들거렸으나 총기가 있었던 눈빛이 계속 흔들렸으니까.

장보도와 관련된 일로 제갈가주가 바깥 출입을 삼가고 거기에만 몰두한 동안 제갈건에게 쏟아진 압박이 컸던 모양.

"어쩌면, 결단을 내린 건지도 모르지요."

평소 말수도 거의 없는 데다 어르신들의 대화 사이로 끼어드는 일은 더더군다나 없던 진이현이 입을 열었다.

자연 주위의 시선이 한층 더 강렬해진다.

"결단?"

진호철이 설명해 보라는 듯 고개를 옆으로 기울이며 자신의 아들을 빤히 바라봤다.

"제갈 소가주가 여러 가지 일로 인해 타격을 입었다고 해도 무작정 일을 벌일 사람은 아니지 않습니까? 전해지는 소식에 의하면 인의회는 완전히 부서졌고, 화산은 소운찬 장문인의 손으로 돌아갔습니다. 이제 무림맹 사천

중 하나가 사라졌으니 남은 건 셋. 삼 대 일이었던 것이
이 대 일로 줄어들었고, 그중 하나는 중도파로 불리해지
면 언제 등을 돌릴지 모를 만큼 결속이 약하니…… 더는
늦출 수가 없었던 걸지도 모릅니다."

학관과 연관된 중소 문파가 술렁이는 것도 모를 리 없
으니 더욱더 그랬을 가능성이 높았다.

잠시 말을 멈춰 저가 한 이야기를 소화할 시간을 준 진
이현이 다시금 말을 이었다.

"게다가 황궁의 일도 무시할 수는 없지 않습니까? 초린
대의 임무가 성공적으로 끝난다면 연이상단에 문제가 생
길 테고 그러면 인의회가 무너진 후라 해도 남아 있는 모
용세가와 점창에 여파가 미칠 겁니다. 인의회와 손잡았던
이가연합이나 중도파에도 올가미가 씌일 수 있는 일이지
요. 반대로 동심회는 형부상서 어르신께서 동심회와 밀접
한 관계가 있으니 덜할 여지가 있을 거고 말입니다."

제갈세가로선 모든 가능성을 무시할 수 없으리.

"그러니까 이현이 네 말은 제갈 소가주가 감정에 치우
쳐 내린 결정이 아니라 이 또한 심사숙고한 결과일 거라
이거더냐?"

어떤 과정을 거쳤든, 습격이라는 결과가 도출된 건 같
지만. 그렇다고 해서 그 둘 사이의 간극을 살펴볼 필요가
없다고는 절대 할 수 없었다.

왜냐하면, 그 간극이 이번 일에 저들이 얼마만큼의 의지를 담고 어떤 방향으로 나아갈는지에 대해 추측할 수 있는 근거가 돼 줄 테니까.

그래서 진이현은 주저 없이 대답했다.

"네, 저는 그렇게 생각합니다."

제갈건이 한두 번 발을 헛딛었다고 해서 쉽게 무너져 감정적으로 움직일 만큼 허술한 사람이었다면…… 웃는 입속에 칼 같은 혀를 감추고, 잡은 손 뒤로 다른 구멍을 찾는 음험한 강호무림에서도 간계로는 첫 손에 꼽히는 제갈세가의 소가주씩이나 되는 자리에 오를 수 있었을 리가 없지 않나.

그리고 만약, 진이현의 말대로 이것이 분노의 폭주가 아니라 과감한 결단에 의한 거라면 문제의 질(質)이 달라진다.

그것은 성급하지 않은 충분한 준비와 실수가 아닌 절제된 살의를 동반해 한꺼번에 덮쳐 들 테니까.

"당장 오늘 밤이라면, 잠시 자리를 비우는 건 어떻소이까?"

그들이 빈집을 습격했다 허탕을 치고 돌아가도록 말이다.

소림 방장 목인의 말에 몇몇 이들이 수긍의 기색을 보였다. 나쁘지 않은 의견 같았으니까.

하지만.

"미봉책이 될 뿐입니다. 그들이 한 번 실패했다 해서 수그러들 리가 없지 않습니까? 그렇다고 우리가 매번 자리를 비운 채 대기하고 있을 수도 없는 노릇이고요."

진이현이 반박했다.

게다가 예상보다 많은 이들이 그의 의견에 동조하는 기색을 띄운다.

대세가 기울었다.

흐름을 읽은 어르신들이 서로 시선을 교환했다.

그들도 이미 한 걸음, 두 걸음을 내딛어 마음의 준비를 단단히 한 참이었으나 근본부터가 피 보는 걸 싫어했던지라 자연스레 반격보다는 방어에 대한 이야기가 먼저 나온 것뿐이었으니.

필요하다면, 해야 할 땐 하리라.

만약, 그게 지금이라면!

"이번엔 우리 뒷방 늙은이들은 물러나 있을 테니, 뜻대로 해보아라."

목인이 진이현에게 전권을 넘겼다.

물론 그에 대해 반감을 갖는 이는 이곳에 아무도 없었다.

진이현은 앞으로의 동심회를 이끌어 나갈 주축이자 새로운 세대를 약속하는 열쇠였으니까.

"열심히 해보겠습니다."

진이현은 사양하지 않았다.

누군가 먼저 나서야 세상이 바뀐다는 걸 알게 됐다.

이현은 최소한 자신의 동생 유청이 무림맹에 돌아왔을 쯤엔 이곳이 조금은 달라져 있기를 바랐다.

그래야 그 아이가 하늘 위로 올라가지 않고도 여기서 숨 쉬고 살 수 있지 않을까?

"한데, 회주. 누구 따로 초대한 이가 더 있소이까?"

흡족한 얼굴로 이현을 바라보던 상개가 시선을 진호철에게로 옮겨 물었다.

"그게 무슨?"

진호철이 어리둥절한 듯 되묻자 진이현이 대신 설명했다.

"차를 더 내와야겠습니다. 손님이 오셨습니다."

회의실 내의 공기가 째앵, 하고 얼어붙었다.

"긴장하지 마시게나들. 이현이 녀석이 차를 대접한다 하지 않았나."

목인이 사람들을 다독였다.

긴장했던 이들이 움츠렸던 어깨를 편다.

말 그대로라면, 진이현이 차를 대접할 사람이 사실 이 무림맹에 그리 많진 않지 않은가.

게다가 워낙 은밀히 움직이는지라 자신들은 이제야 희

미한 기척이 있음을 짐작 정도 할 수 있건만, 그보다 훨씬 전에 침입자들이 아군이란 것까지 읽어낼 수 있는 진이현의 능력은 신뢰를 높여 안정감을 북돋웠다.

잠시 후.

"학관의 강일언입니다. 잠시 들어가도 되겠습니까?"

문밖에서 소리가 들려왔다.

☯   ☯   ☯

"그분이 오늘은 웬일로 저녁 탕약을 건너뛰신데? 한밤에도 꼭꼭 시간 맞춰 드시던 걸."

"그러게. 자기 몸 엄청 챙기던 사람이 말이야. 하여튼 오늘은 이래저래 묘하네? 왜 자기 주전부리로 먹을 것들 무엇, 무엇 챙겨 놓으라고 전날 항상 일러두는 살집 좋은 청성의 장로님. 그분도 어제 주방에 안 들렀다고 영석이 어멈이 하지 않았나?"

"했지. 해서 내가 어르신들께 말씀까지 올렸었지. 좀 이상하다고."

"하여간 별걸 다 고해 바쳐서 어르신들 귀찮게 하는구만, 자넨. 쯧쯧."

아무래도 주책없이, 높으신 분들과 말이라도 한 번 섞어 보고 싶은 마음에 그리한 듯.

참 속없다 싶다가도 한편 이해가 가기도 했다.

"흥, 뭘 그러나! 자네도 건수가 있으면 쪼로록 달려가면서!"

맞다. 자신도 그렇기 때문이다.

재기발랄한 젊은 인재들은 물론 예전 같으면 감히 눈도 못 마주칠 분들이 반가이 맞아 주시고 자신들의 이야기에 귀 기울여 주니 오죽하겠나.

쌜쭉하니 동료를 노려본 사내가 빗자루로 흙바닥을 슥슥 쓸다 허리가 아팠는지 손을 멈추고 상체를 뒤로 했다.

"아아, 벌써 해가 저무네. 그러고 보면 오늘이 이상하긴 한 것 같네?"

너무 조용했다.

까탈 부리고 요구 조건 많아 하루도 자신들을 편히 두는 적이 없는 윗분들이 웬일로, 말이다.

"우리라고 평생 똥구멍에 불붙은 거처럼 뛰어다니란 법 있나? 가끔은 이렇게 한가할 때도 있어야 사람이 살지."

제 코앞에 모로 갖다 세운 손을 좌우로 흔들며 대답하는 사내의 얼굴은 평온했다.

자기들이 전한 이야기의 조각이 모두 맞춰졌을 때 그려진 큰 지도가 얼마나 무시무시한 것인지 전혀 알지 못한 채로.

그들에겐 그랬다. 정말 별거 아닌 수다거리에 평소와 다르지 않은 그런 날이었다.

하나 태양이 달을 불러내 제자리를 지키게 하고 어둠 속으로 가라앉자 음모가 시작된다.

누군가의 가슴 속에서 무림맹의 대변혁을 예고하는 불꽃이 지금 막, 피어오르기 시작했다.

●　　　●　　　●

동심회에선 제갈건이 이 일을 계획하게 한 결정적 이유가 여러 가지 압박을 받던 중 터져 나왔던 강일언 사건이라고 추측했지만 실상은 그렇지 않았다.

제갈건의 등을 세게 떠민 건, 바로 제갈영이었던 것이다.

그는 제갈영이 제갈건 자신도 겨우 꿰어 맞출 수 있었던 정보에 대해 알고 있을지도 모른다는 사실에 당황했다.

물론, 저가 생각한 게 틀려 제갈영이 제갈미미를 협박한 수단이 감숙 소가장이 아닐 수도 있다는 가능성을 완전히 배재한 건 아니지만.

제갈영이, 제갈세가에선 아무런 가치도 없고 능력도 없는 그 녀석이 저와 앙숙인 제갈미미에게 하기 싫은 걸 시키고 소가주인 제갈건 자신을 상대하는 위험마저 감수하게 만들지 않았나.

그건 엄연한 현실이었다.

그러니 제갈영에게 불가능했던 걸 가능하게 만들 만한 힘이 있다는 거 자체가 문제였고.

현재 무림맹에서 제갈영에게 그만한 뒷배가 되어 줄 이유나 능력이 있는 곳은 오직 하나, 동심회뿐이었으니.

대체 그들은 언제부터 제갈세가를 지켜보고, 뒤를 파들어 갔던 것일까?

되짚어 보니, 동심회의 모든 게 의뭉스러워졌다.

그리고 의심은 하면 할수록 몸집을 부풀리지 않나. 모든 게 거기에 맞춰 해석되고 갈수록 그럴싸하고 제대로 된 이야기가 만들어졌다.

"모두 준비가 됐다고 합니다."

평소와 다르게 검은 무복을 갖춰 입고 나타난 남궁민이 제갈건에게 다가와 말했다.

제갈건이 그를 향해 고개를 돌렸다.

제갈세가의 가주인 제갈인창은 제갈건의 제안에 대해 탐탁지 않은 기색을 내비쳤었다.

그로 인해 제갈건은 정말이지 필사적으로 그를 설득해야 했고.

여러 정황에 대한 설명 끝에 덧붙인…… 때를 놓쳤다간

인의회 꼴이 날지도 모른다는 이야기가 주효하게 먹혀들었다.

모용세가는 쇠락일로를 걷느라 제대로 끼지도 못했고, 화산은 반으로 갈렸으니 그럴 수도 있겠노라 할 수 있었지만.

점창이라니, 점창이라니!

점창 장문인 최석은 결코 만만한 이가 아니었는데 지금의 그는 천하의 조소를 받고 있었다.

제 수하를 버리고 도망치는 장문인이라니 어찌 얼굴을 들고 살 수가 있을까.

화산에서 터진 진천뢰가 그의 손에서 나왔단 정보까지 있어 관에서도 그를 쫓는 이들이 있다고 했다.

결국, 맹에 남아 있는 점창 문도들도 조용히 사라져 버리던지 본산으로 돌아가는 이들이 늘어나는 상황이 됐다.

점창이 무너진 것이다.

그 모두가 계속해서 저가 바라는 완벽한 때를 기다리며 남에게만 일을 미루던 최석의 실착이었다면, 더 말해 무엇할까.

일에서 백까지 완벽하게 내가 원하는 계획에 흘러 맞춰 가는 상황이란 게 대체 어디 있다고.

"가주께선 아직도 내가 성급하다 여기시지. 자네도 그런가?"

"이미 시작된 일입니다. 시기에 대해 더 언급할 필요가 있겠습니까?"

남궁민이 덤덤한 어조로 대답했다.

사실 남궁민은 제갈건의 의견에 부정적이지 않았고, 그리해 아무런 의사 표명도 하지 않은 상태였다.

제갈세가의 가주와 소가주의 뜻이 갈린 상태에서 저가 한쪽에 무게를 실어주면 다른 한쪽에 앙금이 생기지 않겠나.

그는 침묵함으로써 제갈건의 의견에 부정하지 않고, 제갈인창의 반대에 긍정하지도 않았다.

아마 제갈인창이 이 안건을 받아들인 데는 남궁민의 그런 행동 또한 한몫했을 것이다.

이가연합은 어디까지나 두 세가가 반씩 몫을 들고 가는 단체이므로 대공자 남궁민의 의사를 무시할 수는 없었으니까.

아니면 아무리 제갈건이 공격을 주장했어도 내키지 않는 걸 받아들였을 턱이 없다.

"자네는 철면검객에게로 갈 테지?"

묻는 게 아니다. 확인하는 거다.

제갈건은 남궁민을 움직인 게 자신이나 자신의 계획이 아니라 철면검객 진이현일 거라 여겼었고.

그건 사실이었다.

"네. 볼일이 끝나는 대로 바로 이동해 돕도록 하겠습니다."

남궁민은 진이현의 죽음을 너무 쉽게 결정했다.

"늦지 말게. 개방과 소림, 무당의 주인을 상대할 땐 꼭 자네가 있어야 하니."

제갈건도 마찬가지.

진이현이 화산의 탁경환을 이기고 후기지수를 넘어서 무림맹의 신성이 된 지 제법 됐지만 그렇다고 어찌 남궁민을 상대할 수 있을까?

남궁민에겐 그를 대신해 목숨을 버릴 강자들이 즐비했다.

그것이 세력이고, 그게 힘이다.

우두머리를 지키기 위해 아랫사람들이 몸을 내던지는 건, 단체를 지키기 위한 당연한 수순.

한데 동심회는 그 반대다.

윗사람들이 아랫사람을 품어 안기 위해 기꺼이 등을 내주었다.

그러니 제갈건이 꾸민 대로, 동심회에 소속된 중소 문파의 주인들이나 그들의 자식들 혹은 소림 개방 무당의 어린 제자들을 인질로 잡게 되면 일이 훨씬 손쉬워지리라.

그쯤엔 동심회의 주축인 진호철, 진이현 부자가 죽어

구심점도 사라질 테니 오래 버티진 못하겠지.

동심회를 지탱하는 세 기둥이라는 늙은이들을 상대하는 건 마지막의 마지막에 해야 할 일.

만약 일이 잘못될지라도 다른 건 다 젖혀 두고 동심회 두 부자의 죽음, 그것만 성사되면…….

승리했다곤 할 수 없더라도 앞으로 절대 지지는 않을 발판이 마련되는 거나 다름없으니, 가장 최우선시 돼야 할 사항이었다.

동심회 같이, 절대 함께할 수 없을 거 같았던 이들이 한데 모여 어우러지는 단체에서 그것이 가능하게 한 구심 점이라는 건 그 무엇보다 중요했으니까.

"무림맹이 피에 젖겠습니다."

이 모든 건 여기와 어울리지 않는 동심회가 굴러들어 와 박혀 있던 돌들을 튕겨 내려 했기 때문이다.

"그러니 우리가 이길 수 있는 걸세. 더 많은 피를 볼 수 있는 비정한 사람만이 결국은 살아남게 되는 법이니 까."

흘리는 게 아니다. 흘리게 하는 자가 강한 것이다!

그래서 제갈건은 일부러, 매수한 중도파에 속한 이들에 게 각 문파나 가문의 힘이 약하고 어린 제자들도 빼지 말 고 쏟아부으라 일렀다.

과감하지 못해 그만한 힘을 갖고도 여태까지 참고만 있

던 동심회가 아닌가.

그들이 오늘 밤, 자기들을 급습한 이들을 보고 검을 휘두를 수 있을까?

제갈건은 비열한 수로 몇 중의 고리를 만들어 동심회에 걸어둔 참이었다.

"오늘 밤은 아주 길겠습니다."

횃불이 일렁인다.

어슴푸레한 공기를 밀어내는 빛이 남궁민의 잘생긴 얼굴에 짙은 음영을 드리웠다.

오랜 시간 기다려 왔던, 그 시간이 이제 막 시작됐다.

"왜 이러지?"

유청이 제 가슴팍을 손바닥으로 쓸어내리며 고갤 갸웃거린다.

"체했나?"

"그런 건…… 아닌 거 같아."

역시나.

나채환 저 녀석이 손으로 등짝을 콩콩 두들겨 주는 짓 따위를 할 리가 없지.

나채환은 유청의 말에 발을 들어 올렸던 것이다.

"너, 저리 가!"

유청이 손을 바깥으로 내저으며 나채환을 씹어줬다.

체해서 하는 설사라면 모를까, 맞아서 피똥은 싸고 싶지 않았다.

"그럼 얘기해, 무슨 일인지?"

나채환은 꼼짝도 하지 않고 말했다.

다 큰 줄 알았더니, 아직 덜 자란 듯.

유청은 저 날개 달린 개망아지, 나채환에게 인간 세상의 제대로 된 언어를 가르쳐 주고 싶다는 생각이 문득 들었다.

"내 뱃속 사정이 그렇게 궁금해쩌쩌요?"

왜? 오늘 아침 눈 똥 색깔도 가르쳐 주랴?

사실, 심기가 그리 편치 않은 건 유청도 마찬가지.

가뜩이나 경찬이에게 그 얘길 들은 후, 신경을 하도 써서 골치가 지끈거리던 차에 오늘은 몸 상태까지 안 좋으니 더…….

어엉?

유청이 나채환을 곁눈질하다 녀석의 새카만 눈동자와 마주쳤다.

"그래, 그거."

나채환의 말이 귀에 파고들자 유청이 어색하게 입꼬리를 잡아당겼다.

씨바.

"까맣고 팔뚝만 한……."

"죽을래?"

나채환이 창백해진 얼굴로 유청에게 송곳니를 드러냈다. 진심으로 보인다.

저 자식 저거. 티가 하도 안 나서 몰랐었는데, 의외로 비위가 약한가?

화제를 전환해 보려다 실패한 유청이 입맛을 다셨다.

자기도 이해가 안 되는 걸 어찌 다 설명할 수 있단 말인가?

"황제 폐하 얘기 말이냐?"

"어르신께선 폐하에 관한 거라면 물러섬이 없으신 분이시다."

그러니 황태자의 심복인 경찬이나 황족에게 별다른 개인적 관심이 없는 유청과는 다른 각도에서 나채환에게 있어 황제의 이야기는 중요했다.

"그렇지. 네가 형부상서 어르신 일 아니고서야 이렇게 사람을 들들 볶으며 닦달을 할 리가 없지."

유청이 콧잔등을 찡그렸다.

"내게 말 못할 정도의 비밀이냐?"

그렇다면 이제 물어보지 않겠다는 나채환의 태도에 유청이 고갤 저었다.

어차피 경찬이도 알고 형부상서 어르신께서도 알고 있는 사실.

나채환 하나 덧붙여진다 해서 뭐 어떤가.

아니지, 정정하자.

나채환이니까 알고 있어도 괜찮을 테지, 로. 그게 정확히 맞는 말이었다.

"내가 좀 특별한 건 알지?"

"안다."

즉각 나온 대답에 물어봤던 유청이 머쓱해졌다.

어째 진유청 자신보다 남들이 더 자길 믿어주는 거 같다.

"하여튼 그래서 우연히 알게 된 건데……."

유청의 말이 시작되자 나채환이 귀 기울여 들었다. 사실 별 얘기는 없었다.

여섯 개의 손가락과 관련된 이야기, 그리고 그게 황제 폐하였다는 것까지.

"그렇다면, 황궁에서 일어날 비극의 열쇠를 황제 폐하께서 쥐고 계시다는 거군."

아니면 황제 본인이 꾸민 일인지도.

"응. 그러니 이해가 안 되는 거다. 지금 천하에서 일어나는 반역의 기운이 교차돼 흐르는 중심엔 바로 연이상단주가 서 있으니까. 한데, 그 사람은 황제가 엄청나게 귀히 여기고 아끼는 사람이잖아."

투덜대듯 중얼거린 유청이 난감하다는 듯이 양어깨를
으쓱거렸다.

연이상단주에 대해선 황태자의 최측근으로 상황을 보아
온 나채환도 아주 잘 알고 있었다.

"그러게. 좀 곤란하군."

미간에 주름을 잡은 나채환이 한숨을 내쉰다.

"이제 채환이 너도 알게 됐으니, 경찬이 좀 불러와라.
셋이서 머릴 맞대고 생각하면 뭐라도 하나 안 튀어나오겠
냐?"

"경찬이는 입궁했잖아."

"아, 맞다. 태자 전하께서 어제도 독대를 거절당했다고
했지. 오늘 마지막으로 청하고도 안 되면, 내일 정례회의
때 직접 나서겠다고 했다지?"

벌써 여섯 밤이 지나고, 이레가 됐다.

아무리 황제라 하나, 황태자인 저를 여섯 번이나 거절
했으니 주태민의 심사가 엄청 꼬여 있을 터.

옆에서 그 더런 성질을 다 받아내야 할 경찬이가 걱정
이었다.

"경찬이, 쓰러질지도."

매일 몇 시진씩 서 있느라 소모되는 체력도 문제고.

"에휴. 내가 나중에 동심회에 가면 약 보내줄 테니까

먹여. 애가 아주 마른 나뭇가지처럼 바싹바싹 마르네, 말라."

유청이 안타까운 어조로 말했다. 나채환이 눈을 빛낸다.

"효과 뛰어난 걸로."

"그래, 알았다, 알았어."

비빌 언덕은 넓고도 많으니까.

대답을 하니 채환이 눈에 띄게 좋아한다.

왜 니가 그렇게 희희낙락(喜喜樂樂)하냐? 혹시!

"너, 그거 빼돌려서 형부상서 어르신 드리려고 하는 거지?"

정곡이었나 보다.

나채환이 금세 평소의 무심한 표정으로 돌아가 슬쩍 유청의 시선을 외면하는 걸 보니.

한수야, 미안.

얘도 너만큼 이상해진 거 같아.

당장 화산으로 뛰어가서 얘기해 주고 싶은 마음이 새록새록 샘솟지만 참는다.

"으음?"

나채환이 방 밖으로 시선을 돌렸다.

"손 위사님인가 본데?"

유청이 자리에서 일어나 문쪽으로 다가가 문을 열자 맞

은편에서 걸어오던 손정우가 깜짝 놀라 걸음을 멈췄다.

"무슨 일이지?"

나채환이 유청의 어깨 위로 얼굴을 불쑥 내밀며 묻자 손정우가 마른침을 삼킨 뒤 입을 열었다.

"그간 자중하며 자리를 지키고 있던 연이상단주가 드디어 움직였답니다."

"입궁이라도 했단 건가?"

"네. 본가에서 보낸 사람에 의하면, 서경왕 주익 전하와 함께 입궁하여 폐하의 처소로 향했다 합니다."

"이제 와서?"

자신들이 북경에 도착한 후, 황태자가 알현을 거절당했다는 소식이 퍼진 후 바로 입궁해 폐하를 뵙고 도움을 청할 줄 알았던 연이상단주 환성은 아무런 움직임도 보이지 않았다.

그래서 그냥 포기하고 폐하의 결정을 기다리는 모양이라고 생각했는데 아니었던 건가?

나채환과 유청이 서로를 마주 봤다.

"영, 감이 안 좋군."

나채환의 말에 유청이 고갤 끄덕여 동의를 표했다.

갈수록 미친 말이 날뛰듯 심장이 달아오르고, 신경을 과하게 쓴 탓인지 배는 살살 아파오고.

"대체 오늘 왜 이러지?"

유청이 하늘을 올려다보며 입술을 달싹였다.

달은 침묵한 채 창백한 얼굴로 묵묵히 그를 내려다볼 뿐이었다.

第九章

괴물들!

"그냥 돌아가시는 편이 좋겠습니다, 태자 전하."

종종걸음으로 나온 대내총관태감인 양선모가 조심스레 말했다.

"폐하께서 직접 말씀하신 겐가?"

"그건 아닙니다만……."

"그렇다면 기다리도록 하지. 폐하께서 오늘도 나를 돌려보내시려면, 직접 하명하셔야 할 게다."

황태자 주태민이 고집을 부렸다.

알려진 바와 달리, 황제는 황태자의 알현을 거절하지 않았다. 다만, 받아들이지도 않았을 뿐.

"태자 전하……."

이경찬이 걱정스러운 어조로 주태민을 부르지만 아무런 대답도 돌아오지 않았다.

남몰래 한숨을 내쉬며 눈을 내리깔았던 이경찬의 등 뒤로 인기척이 느껴졌다.

고개를 슬쩍 돌린 이경찬의 눈에 한 무리의 사람들이 박힌다.

게다가 그중 선두에 서 있는 이는…… 아뿔싸!

이경찬이 저도 모르게 휙 소리가 날 만큼 빠르게 고개를 들고 주태민의 낯빛을 살폈다.

주태민도 저가 있는 곳으로 다가오고 있는 이들을 보고 있었다.

"두 분 숙부님이시군."

가는 목소리에 진득한 살기가 담겨 있다.

"오랜만에 뵙습니다, 태자 전하."

연이상단주 환성이 먼저 인사를 건넸다.

주태민은 입을 꾹 다문 채 그를 응시할 뿐.

"태자 전하는 우리 인사를 받고 싶지 않으신 듯하니, 그냥 가도록 하지."

서경왕 주익이 환성을 재촉했다.

두 사람 모두 핼쑥한 얼굴에 안색이 나빴다. 마음 고생이 심했던 모양.

환성이 작게 고갯짓을 해 보인 뒤 황태자 주태민을 스

쳐 지나가 앞에 서 있던 대내총관태감인 양선모에게 다가
갔다.

"말씀 올려 주시게."

"……네, 잠시만 기다려 주십시오."

양선모가 공손히 말한 다음 몸을 돌려 안으로 들어갔다
가 잠시 후, 밖으로 나왔다.

황제의 궁 밖에 서 있던 이들 모두의 시선이 양선모의
입을 향한다.

황태자가 알현을 청하며 발걸음을 했음에도 뜻을 이루
지 못한 지 이레째. 과연, 연이상단주는?

"폐하께서 들어오라십니다."

콰쾅!

번개가 내리꽂힌 듯 세상이 흔들렸다.

긴장된 공기가 한순간 터져 나와 날카롭게 쪼개진 파편
이 사람들의 가슴에 쑤셔 박힌다.

특히나 가장 크고, 예리한 조각이 황태자의 눈에 박혔
다.

"오늘이 마지막이다. 그러니 참을 것이다."

주태민이 말아 쥔 주먹을 가늘게 떨며 중얼거린다.

황제의 궁 안으로 들어가기 직전, 연이상단주 환성이
황태자를 일별했다.

그래서 주태민은 볼 수 있었다. 황제의 허락이 떨어진

후, 환성이 짓고 있는 표정을.

주태민은 환성이 분명 승리자의 얼굴을 한 채 자신을 비웃고 있을 거라 생각했는데…….

"뭐지?"

노기가 사그라지고 그 자리를 채우는 것은 짙은 의혹.

왜 당신이 그런 표정을 짓나!

아버지에게 버림받고, 윗사람에게 신의를 배신당한 건 바로 주태민 자신인 것을!

환성은 꺼질 듯 처연하게 드리워진 슬픔을 안고, 미움에 먹힌 탁한 눈동자로 주태민을 봤다.

주태민이 눈가를 찌푸리고 있을 때 대내총관태감인 양선모가 조용히 다가왔다.

"폐하께서 말씀하시길, 오라고도 가라고도 하지 않았으니 그 자리에 있는 건 상관없다고 하셨습니다."

"음?"

그 자리라 하면…….

주태민이 주위를 돌아봤다.

이레째 서 있는 같은 곳. 굳이 여기를 지칭하려 일부러 대내총관태감에게 언질을 주시진 않았을 터.

그가 고개를 들더니, 방금 안으로 들어간 연이상단주와 서경왕 주익이 사라진 곳을 바라봤다.

주태민이 한 걸음을 내딛자 대내총관태감 양선모가 한

걸음 옆으로 비켜났다.

그가 성큼 안으로 들어가니 어쩔 줄 몰라 하던 이경찬이 뒤를 쫓는다.

"이 공자는……."

조금 애매했던 탓인지, 양선모가 이경찬을 막으려 했지만 뜻대로 되지 않았다.

"안 오고 뭐하느냐. 느려 터져서는!"

말을 자르는 주태민 때문이었다.

"가요, 가."

이경찬이 양선모를 힐끔거린 뒤 얼른 황태자 곁에 가서 섰다.

"거기가 언제나 네가 있어야 할 자리다. 알았느냐?"

"네, 태자 전하."

다른 이들에게 들으라는 듯이 한 말에, 또한 다른 이들에게 똑똑히 들으라는 듯이 이경찬이 답했다.

두 사람이 황제의 궁 안으로 사라지자 밖에서 대기하고 있는 이들의 얼굴이 더욱 경직됐다.

저 안에서 벌어질 일을 감히 상상도 할 수 없었기에.

하다못해 대내총관태감인 양선모조차 다시 안으로 들어가지 못했다.

"폐하, 저 왔사옵니다."

"그래, 어서 오게."

황제 주찬성이 아끼는 의제를 맞아 부드러운 어조로 대답했다.

저 별거 아닌 행동이 바로 환성과 다른 모든 이를 가르는 차이다.

친동생인 서경왕 주익은 한 번도 자신을 저리 살갑게 대해 주는 황제와 마주한 적이 없었다.

그건 아마 밖에서 기다리고 있는 황태자 또한 마찬가지겠지만.

"뭐 부탁할 거라도 있는 겐가?"

"네?"

"통 들르지 않던 의제가 이리 불쑥 나타날 때는, 하던 일이 잘못됐거나 부탁할 게 있어 도움을 청할 때뿐이지 않은가."

"……죄송하옵니다."

환성이 얼굴을 굳힌 채로 고개를 숙였다.

"아니네, 자주 오지 않아 섭섭한 마음에 내 농을 한 거니 신경 쓰지 말게."

황제가 고갤 저었다.

이전과 조금도 달라지지 않은 태도와 어투.

서경왕 주익이 어금니를 꽉 깨물고는 황제와 환성을 번갈아 바라본다.

소름이 돋았다.

"한데 너는 왜 왔느냐?"

황제가 주익에게 시선을 돌렸다.

좀 전의 온기는 한 점 남아 있지 않은 목소리엔 시린 숨이 뿜어져 나왔다.

주익이 눈을 내리깐다.

"연이상단주와 함께한 일에 문제가 생겨 보고를 드리러 왔습니다."

죄를 청한다는 말 따위는 하지 않는다.

그리 말하면 혀 깨물고 죽어 버리라 말하고도 남을 황제였으니까.

"도망치지 않고 따라온 노력이 가상하긴 한데…… 혹여 내 의제가 또다시 네 목숨을 구해줄 거라 여기고 있어 그럴 수 있었던 건 아니더냐?"

"그렇지 않사옵니다, 폐하. 저는……."

"됐다. 너와의 얘기는 조금 후에 하도록 하지."

황제가 주익의 입을 다물린 뒤 환성에게 다가가 그의 이마를 손으로 짚는다.

"폐하?"

놀란 환성이 몸을 뒤로 빼려 했지만 황제가 가만있으라는 듯이 고갤 저었다.

"안색이 나쁘다 했더니만, 열이 많이 나는구나. 어의를 부르도록 할까?"

"……괜찮사옵니다."

환성은 꼭 꿈을 꾸는 거 같았다. 귓속으로 파고드는 나른한 음성은 자신이 아는 황제의 그것과 너무나 같았으니까.

절대, 그럴 수 없는 상황이었음에도.

"괜찮긴. 요즘 너무 무리를 한 모양이구나. 역시, 섬서의 도지휘동지인 황학용이 보낸 서찰을 보고 충격을 받은 게야."

쩌엉!

강 위에 얹어져 있던 두꺼운 얼음 위에 금이 갔다.

"중간에 빼돌릴 걸 그랬나?"

다시 한 번.

쩌엉!

"그래, 읽어보니 어떤가? 혹여 자네가 살려주고 싶은 이가 한둘 있다면 내 흔쾌히 들어주도록 하지. 누가 뭐래도, 자네는 내가 가장 아끼는 의제가 아닌가."

세 번째 들려온 황제의 목소리에 환성이 제 발밑을 내려다봤다.

발바닥을 받쳐 주던 바닥이 보이지 않는다.

깨진 얼음은 쩍쩍 갈라져 이리저리 부유하고, 저는 속이 시커먼 무저갱 속으로 빨려 들어 영원히 헤어 나오지 못할 거 같았다.

시린 강물이 발끝을 적시며 찰랑찰랑 올라와 심장 어림까지 차오른다.

"이게…… 사실이었습니까?"

환성이 품속에서 얼룩이 묻어 있는, 아마 피가 분명하리라, 서찰을 꺼내 황제에게 내밀었다.

"사실이지. 사실이고말고. 내가 하는 일 중 허튼 게 하나라도 있던가?"

너무나 오만하고 당당하다. 그래서 저 사람이 황제일 수밖에 없구나 싶다.

황학용의 서찰에 적힌 내용은…….

황제가 서경왕 주익과 연이상단주 환성의 명령대로 군권을 움직이거나 이번 사건에 동조한 이들을 색출해 반역죄를 씌우고 있다는 거였다.

섬서에서 시작된 불길은 초린대가 지나온 길을 막아서거나 쫓아왔던 관원들과 세도가에게까지 붙어 천하를 향해 뻗어 나가고 있다!

"그렇다면 폐하께선 서경왕 전하와 저로 하여금 군권을 움직이게 해, 누가 우리에게 동조하는지를 확인하려 하신 겁니까? 폐하께서 직접 명령을 하거나 직인이 찍혀 있지 않았음에도…… 군권을 움직이거나 내주는 자는 불충한 자요, 이익에 눈이 멀어 원칙을 외면할 수 있는 자니까요?"

"그렇다. 썩을 게 분명한 잎은 미리 잘라주는 게 꽃을 지킬 수 있는 길이다. 그래야 앞으로 맺을 과실이 달콤해지겠지."

황제에게 반감을 갖고 있거나 불온한 일을 저지를 가능성이 있는 자들을 미리 차단해 싹을 자르겠다는 뜻.

"……폐하께서 저를…… 저를…… 이용하신 겁니까?"

이 말이 왜 이토록 하기 어려운가?

명백히 드러난 증거 속에서도, 황제가 제 입으로 인정을 했음에도. 그럼에도 물어보려 하고 대답을 들어야겠다고 생각하는 이유는 대체…….

"했지. 자네는, 이번에도 내가 원하는 걸 가지고 멈추지 않고 달려와 주었어."

"폐하!"

황제를 부르는 환성의 목소리가 찢어질 듯 날카롭다.

"왜? 자네는 누리지 않았나? 황제가 내어주는 모든 걸, 그 수많은 특혜를. 하다못해 군권을 움직여 내 턱밑까지 칼을 치켜들었지만…… 그럼에도 아직도 살아 숨 쉬며 내 눈앞에 서 있을 수 있지 않은가."

반역을 저질러 황제 자신을 압박할 수 있을 만큼의 힘을 분명 주었음에도 다 활용하지 못하고 결국 고꾸라진 건 환성의 탓이고.

그랬음에도 저리 멀쩡할 수 있는 건, 천하가 뒤흔들려도 너만은 살려주겠노라 약속한 황제의 마음이 지켜진 덕분이 아니던가.

무엇이 불만이고, 무어 그리 상처라고 저리 파르르 떨꼬?

오히려 황제가 환성을 이해하기가 어려웠다.

"제가 폐하께 감사해야 하는 겁니까?"

"의제와 나 사이에 그런 인사가 무슨 소용인가. 그보단, 안색이 정말 나쁜데 정말 어의를 부르지 않아도 되겠나?"

황제가 진심으로 하는 말이라는 게 느껴져 환성으로선 더욱 암담했다.

"어찌 이런 일이……."

그의 안색이 하얗다 못해 파래지고, 주먹을 말아 쥐고 있는 손바닥 안쪽은 식은땀으로 흥건히 젖었다.

연이상단이 어려울 때 모르는 척해 준 것도,

황태자와 환성 자신이 힘을 겨룰 때 환성에게 힘을 실어준 것도,

황태자가 증거를 찾아오겠다고 했을 때 승낙해 주는 척했다가 환성이 궁지에 몰리자 서경왕 주익으로 하여금 돕게 한 것도,

모두 더욱 큰 것을 낚기 위한 미끼였던 거다.

어쩌면 연이상단을 만들고 지금까지 꾸려 나가는 동안에도 환성 자신은 저도 모르는 새에 황제의 그물에 걸려 그가 조종하고 원하는 대로 나아가고 있었을지도 모르지.

황제에게 복수하겠다는 일념으로 일어선 것인데, 결국 그에게 실컷 이용만 당하다니.

우습다, 스스로가 우습고 초라해 견딜 수가 없었다.

"자네, 우는군."

황제가 고갤 갸웃거리며 환성의 눈물을 향해 손끝을 대었다.

아무리 제 나이로는 보이지 않는다곤 해도 다 자란 사내가 눈물을 뚝뚝 흘리는 모양새가 과히 보기 좋진 않겠지마는…… 상대가 환성이라 조금은 달랐다.

존재 자체에서 온화한 기운이 풍기는 황제의 유일한 친우이자 의제.

그것이 환성을 더욱 빛나게 해주는 이름이었고. 환성 자신도 모르게 둘렀던 휘광.

"나는 자네를 죽이지 않을 거라니까? 내 어찌 자네를 죽이겠나. 그러니 울지 말게나."

황제의 토닥거림이 환성을 더욱 빛나게, 그리고 미치게 만든다.

"한 가지만 더 묻겠습니다."

"말하라."

황제는 언제나처럼 환성에게 너그러웠다.

그래서 환성은 더욱 두려웠다.

그에게서 아무렇지도 않게 그렇다, 란 대답이 나올까 봐서.

잠시 침묵하고 있던 환성이 힘겹게 입을 연다.

이것이 가문을 버리고, 피를 뒤집어쓰면서까지 주찬성에게 달려가 그를 구한 걸 후회하지 않는다고 말했던 환성이…… 황제를 배신한 이유다.

그날 밤의 악몽을 다시 꾸게 만든, 끔찍한 기억.

"예전에 폐하를 뵈러 입궁한 적이 있습니다. 그때 폐하께서 제게 아무 때나 궁에 드나들 수 있도록 특혜를 주셨기에 폐하를 놀라게 해드리려고 조용히 안으로 들었었습니다."

왜 그랬을까?

다정한 성품이긴 했어도 장난기가 있진 않았던 환성이었는데 말이다.

평소와 달리 부렸던 변덕 한 번이 환성의 인생을 달라지게 했다.

"그 특혜는 지금도 여전한데, 자네가 쓰지 않고 있을 뿐이야."

"또 그런 일을 당할까 두려워 쓸 수가 없었습니다."

환성이 쓴웃음을 짓는다.

정말이지 다시 하고 싶지 않은 경험이었으니까.

그 날, 살금살금 황제가 있는 곳으로 다가간 환성은 문을 열기 위해 손을 뻗다 말고 안에서 들려오는 소리에 멈칫했다.

환성이 오지 않았으면 어쩔 뻔했냐고?

폐하의 목소리였다.

환성은 황제가 혼자 있는 게 아니란 걸 알고 급히 인기척을 내려 했다.

그러지 않으면 장난이 지나쳐 무엄하게도 황제의 이야기를 엿들은 꼴이 되지 않겠나.

환성이 얼른 제가 왔음을 알리려 했을 때.

난 그가 올 줄 알았다.

그래서 그랬다. 그는 분명, 세상 그 무엇보다 나를 선택할 테니까.

귀에 파고든 말에 눈앞이 캄캄해지고, 환성의 입이 닫혔다.

손끝이 툭, 하고 떨어져 힘없이 바닥을 향했다.

주찬성은 육지(六指)란 결함이 있는 황자였고, 선대 황제 폐하께 총애를 받지도 못했다.

그의 모후인 이 황비는 처음엔 안쓰러움으로, 그 뒤엔 황제의 사랑이 떠나가게 한 원망으로 주찬성을 냉대했다.

어미를 남달리 대하며 따르지 않는, 주찬성의 흉포한 성품도 한몫했을 테지.

그런 그를 지켜준 이는 황태자인 첫째 황자로, 주찬성은 그에게 약속한 바가 있었다.

여섯 번째 손가락이 있는 한, 주찬성 자신은 황제가 될 수 없으니 황태자의 충성스러운 신하이자 황족으로 든든히 곁을 지키겠노라고.

그러니 그의 여섯 번째 손가락은 반역을 일으키지 않겠다는 약속의 증거였고, 성격은 포악했으나 형제 중 가장 뛰어난 주찬성이 황태자의 편을 드니 황위 승계에 골육상쟁(骨肉相爭)의 비극이 없을 것임을 확인시켜 주는 증표였다.

한데 어느 날, 어느 순간.

주찬성이 그, 특별한 여섯 번째 손가락을 잘라냈다.

얼마 후, 그 사실이 황태자와 이 황자에게 알려지면서부터 황궁에 암운이 드리우기 시작했고.

주찬성이 함정에 빠진 것도 그때였다.

함정을 빠져나올 길은 요원했고, 자신들에겐 다른 선택이 없었다.

결국, 환성은 주찬성의 결백을 증명하기 위해 제 가문이 하지도 않은 일을 했다고 증언해 주찬성에게 쓰인 역모죄 대신 자신의 가문이 과잉 충성하여 벌어진 촌극이자 오해라 선대 황제에게 고했다.

그러고도 환성이 살아남을 수 있었던 건 순전히 제 가문의 죄를 제 입으로 고했기에 베풀어진 특혜로, 고맙지는 않았다.

환성이 갇혀 있던 주찬성에게 달려가며 어떤 생각을 했던가.

무슨 마음으로, 어떻게 그에게 갔던가.

한데, 자신이 마지막의 마지막까지 고민했던 그것이…… 자신의 가문을 지켜야 할지 주인을 살려야 할지의 가운데서 미칠 듯 괴로워하던 그것이.

무엇이 정답인지 알기 위해 몸서리쳤던 게…… 다 쓸모없는 일이었던 거다.

주찬성은 답을 알고 있었고, 그렇기에 저질렀던 일이라 하지 않나.

처음부터, 답은 하나였고 정해져 있었고.

환성은 단번에 그것을 맞췄다.

그래서 칭찬을 듣고, 상을 받았다. 지금까지, 넘치도록.

그럼으로써, 가족들은 살아 돌아오지 못하고 환성은 하늘 아래 혼자 외톨이가 돼 버렸지만.

후회는 하지 않았다.

그때, 그건 형님이 만든 함정이 아니었다. 환성은 몰랐
겠지만, 실제로 내가 했던 일이었지.

환성이 방패가 되어 줄 거라 믿었기에 준비할 수 있었
고, 환성 덕분에 힘을 고스란히 지켜 훗날 첫째 형님을 칠
때 요긴하게 사용했었지.

아마 그 힘이 없었다면 지금 내가 이 자리에 오를 수
없었을지도 모른다.

등을 돌려 문에서 멀어지려는 환성에게 귀신이 돼 그의
주위를 부유하는 가족들이 쐐기를 박았다.

정말 후회하지 않느냐고.

그래도 후회는 하지 않아.

다만 너무 아팠다.

참을 수 없을 만큼, 견딜 수가 없었다.

과거의 기억 속으로 침잠한 환성의 눈동자가 탁했다.

"묻고 싶은 게 정확히 무엇이더냐?"

황제의 말에 환성이 대답했다.

"그날, 제가 밖에 있었다는 걸…… 정말 모르셨습니
까?"

지금까진 당연히 그럴 거라 여겼다.

설마 자신이 밖에 있는데 그런 얘길 했을까 싶었고, 그로 인해 황제가 얻을 수 있는 것도 없다고 생각했으니까.

하나 황제는 환성의 짐작을 훨씬 뛰어넘는 괴물이 아닌가.

저가 알고 있는, 아니, 알고 있었다 여기는 모든 걸 뜯어고쳐야 했다. 주찬성에 대해 달라지지 않는 건, 오로지 하나.

그가 황제란 사실뿐이었다.

"흐응. 그게 그렇게 중요한가?"

"중요합니다."

환성이 황제를 배신하고 지금껏 안정을 찾지 못한 채 떠돌았던 이유다.

중요하지 않을 리가 없었다, 한데.

"알고 있었다. 의제가 아무리 궁을 마음대로 드나들 자격을 부여받았다 하나 황제의 처소다. 당연히 자네가 옴을 미리 알려주는 이들이 있었지."

"하하하! 역시, 그랬습니까?"

몸을 반으로 접은 채 웃음을 터트리는 환성은 제정신이 아닌 듯 보였다.

"확실히 몸이 좋지 않은 듯하군."

황제가 바깥을 향해 소릴 치려는 데, 서경왕 주익이 시체처럼 비척거리며 다가왔다.

"너는 또 왜 그러느냐?"

"저는 폐하가 끔찍합니다."

"두렵고, 무서운 걸 그리 말하는 게냐?"

"어찌 사람이 그럴 수가 있단 말입니까?"

"누가 그런 소릴 하느냐, 내가 사람이라고! 나는 황제(皇帝)다! 오롯이 홀로 서서 세상을 굽어보는 인신(人神)! 사람으로서 신이 될 수 있는 유일한 존재!"

오만하게 턱을 치켜 든 모양새가, 그 형형히 빛나는 눈동자가 서경왕 주익의 심장을 덜컹 잡아 뽑았다.

주익은 황학용의 서찰을 받은 후, 황제의 저의를 알기 위해 환성과 다각도로 이야기를 나눴으나 결론을 내리지 못했다.

그들은 다음 날 입궁하기로 했던 걸 미루고 고민하다가, 황태자가 노릴 기회가 분명한 정례회의 전날 어쩔 수 없이 황제에게 직접 물어보기로 했다.

지금의 이 처참한 상황이 바로 그 결과고.

주익은 만약 황제가 환성의 면을 보아 구명줄을 한 번 더 내려 준다면 그걸 잡으려 했지만 그게 아니라면, 자신이 살고 죽을 기회를 더는 남에게 미뤄두지 않을 작정이었다.

환성과 있을 때는 몸수색을 하지 않았기에 숨겨 들어올 수 있었던 단도를 품에서 잡아 꺼낸 주익이 황제를 향해 머리부터 들이밀었다.

"죽어라, 이 괴물!"

주익이 외쳤으나, 황제는 눈도 깜짝 하지 않았다.

그가 인상을 찌푸리기 무섭게 천장에서 검은 그림자가 툭 튀어나와 주익의 앞을 가로막더니 검을 휘두른다.

스걱!

섬뜩한 소리와 함께 두 눈을 부릅뜬 주익의 머리통이 긴 호를 그리며 하늘을 날았다가 벽에 부딪친 뒤 바닥으로 떨어졌다.

머리가 달아난 시신이 제 옆에서 마지막 경련을 일으키며 피를 분수처럼 뿜어대는 대도 정신을 차리지 못한 환성이 여전히 넋을 놓고 있자 황제가 다가가 제 겉옷을 벗어 어깨 위에 걸쳐줬다.

"가는 놈들은 하나같이 뒤가 깨끗하지 못하군."

황제가 혀를 찼다.

검은 그림자의 사내가 두엇 더 나타나더니 주익의 시체를 들고 사라진다.

방 안은 다시 고요해지고 간헐적으로 몸을 떠는 환성과 황제 두 사람만이 남아 있었다.

황제가 문이 아닌 벽 건너편을 향해 고개를 돌렸다.

"잘 들었느냐?"

벽이 빙글 돌아가며 비밀 장소가 나타났다.

그 안엔 좀 전, 주익과 환성을 뒤쫓아 왔던 황태자 주태민과 이경찬이 서 있었다.

그들은 검은 그림자의 안내를 받아 이곳으로 들어와 황제와 환성이 나누는 모든 대화를 들은 참이었기에…….

두 사람의 눈에 황제는, 사람으로 보이지 않았다.

주익이 마지막에 남긴 말마따나, 저것은 사람의 껍데기를 뒤집어쓴 괴물이 아닐까?

"태자가 내게 섭섭한 일이 많다는 건 알고 있지만, 네가 조용히 네 자리를 지키면 언젠간 내 뒤를 이어 황제가 될 수 있을 게다. 만약 그전에 경거망동하여 눈에 거슬리는 짓을 한다면…… 그땐 나도 장담할 수 없지만."

이제 와 다시 후계자를 낳아 기른다고 해서 저만큼 똑똑하게 자라리란 법은 없지 않나.

후계자는, 주찬성 자신이 완벽하게 가꾼 이 나라를 넘겨받아 후세에 이어 줄 가교가 될 것이니. 아무나 할 수 있는 일이 아니었다.

황제 주찬성의 이름을 영원히 새겨 둘 수 있는 능력 있는 아이여야만 했던 것이다.

"경고하기 위해 보여주셨사옵니까?"

"설명하기 위해 보여준 게다."

구구절절 귀찮게 말로 할 필요도 없고, 황태자에게 실전에서 통용되는 제왕학을 가르칠 좋은 기회이기도 하니.

"환성 숙부를…… 아끼셨던 게 아닙니까?"

"아꼈지. 아까부터 너도 그렇고 환성도 그렇고 자꾸 같은 걸 묻는구나."

황제가 피식 웃는다.

"배신하셨잖습니까."

"배신? 누가 누굴 배신해? 내가 저들에게 줄 것은 통치(統治)요, 저들이 나에게 줄 건 충성(忠誠)밖에 없으니. 군주와 신하 사이에 있어야 할 건 상명하복(上命下服)뿐. 그래야 어디에도 치우치지 않는 강력한 황제가 될 수 있다."

그러니 환성을 대하는 황제의 마음은 신의(信義)가 아닌 보상(報償)이요, 아끼고 마음에 드는 도구(道具)를 손질하고 가꾸는 애정이었던 것이다.

봐라, 이번에도 자신을 실망시키지 않은 환성을!

황제는 아주 드물게 자신을 웃게 해주는 이 의제가 참으로 마음에 들었고, 원하는 건 다 베풀어 줄 만큼 여전히 아꼈다.

진심으로.

"……이만 가보겠습니다."

"내일 정례회의 때, 초린대의 일은 언급하지 말도록 하여라. 그곳은 아직 건드려선 안 된다."

연이상단주 환성에 대한 주청에 명백한 증거가 곁들여

져 올라오면 아무리 황제라 해도 완전히 무시할 순 없게 된다.

그러면 연이상단에 대한 이야기가 나오지 않을 수 없게 될 텐데…… 그건 황제로선 원하는 바가 아니었다.

"알겠습니다."

황태자가 순순히 대답했다.

연이상단주와 기 싸움을 하는 자체가 얼마나 어이없는 짓이었나 생각하니 허탈했다.

"너는 네 의숙부를 싫어하지 않았더냐?"

황태자가 환성을 보는 시선이 달라졌음을 느낀 황제가 의아해하자 주태민이 고개를 끄덕였다.

"싫어했습니다. 그리고 여전히 싫습니다만…… 불쌍합니다."

사람이 사람에게 가질 수 있는 지독한 동정.

남의 입장에서 생각해 본 적도 없고, 그럴 만한 일도 없었던 황태자가 처음으로 자기와 비슷한 입장에 선 하나의 도구로 연이상단주 환성을 받아들였다.

"불쌍하다라…… 그런 건 자기가 그런 상황에 처했을 때 다른 사람도 자기와 같은 감정을 느껴주길 바라 부리는 위선이다. 앞으로 황제가 될 네가 가질 감정이 아니니, 버려라."

황제는 마음을 버리라 간단히 말할 수 있었다.

저 자신은 할 수 있는 것이니까, 어려울 게 없으리라 여기는 거다.

"황제는 사람으로선 오를 수 없는 자리다. 네가 내 뒤를 쫓아 옥좌에 올라 천하 위에 홀로 서서 세상을 네 손끝에 걸고 움직이고 싶다면, 인신(人神)이 될 수 있어야 함을 잊지 마라."

피비린내가 잔뜩 퍼져 나오는 방 안에서, 환성이 깨길 기다리리기로 한 황제는 어의를 불러 오게 했다.

황태자가 이를 악물더니 머릴 숙이고는 황제의 궁을 나섰다.

이경찬이 힘겹게 발을 떼 황태자의 뒤에 붙는다.

밖으로 나서자 많은 이들의 시선이 두 사람에게 달라붙었다.

못 볼 걸 봤다는 것 같은 질린 얼굴도 얼굴이지만, 흐릿하게 배어 나오는 피 냄새가 신경을 자극했다.

방금 어의를 데려오라는 명령까지 받은 참이 아닌가.

대내총관태감 양선모가 얼른 궁 안으로 들어갔다.

안에서 무슨 일이 있었음이 분명하지만, 누가 있어 황태자에게 꼬치꼬치 그런 걸 캐물을 수 있겠나.

황태자 주태민과 이경찬은 발을 끌 듯 걸어 겨우겨우 황태자궁으로 갔다.

황태자궁에 도착한 주태민은 궁 안의 모든 식솔들을 내

보낸 후, 어둠 속에서 우두커니 혼자 앉아 있었다.

"태자 전하…… 괜찮으십니까?"

그를 혼자 둘 수 없었던 이경찬이 밖에서 조금 기다리다 결국 안으로 들어간다.

"나가래도!"

거친 소리가 들렸지만 이경찬은 차마 발걸음을 돌릴 수 없었다.

"전하……."

"나가! 나가라고!"

쿠당탕탕!

평소 언제나 냉정했던 황태자가 이성을 잃은 듯 외치며 닥치는 대로 손에 잡히는 걸 내던진다.

"전하, 고…… 정하십시오."

뭔가를 잘못 맞은 모양으로 이경찬의 목소리가 잠시 끊겼다 이어졌다.

황태자가 소란을 멈춘다.

이경찬이 한숨을 내쉬더니 황태자에게 다가갔다.

흐릿한 달빛 아래 이경찬의 모습이 드러난다. 장식품 중 하나가 바닥에 깨지며 튕긴 파편으로 인해 베인 모양으로, 목에서 피가 흘렀다.

"괜찮습니다, 안 아픕니다."

이경찬이 괜히 황태자가 걱정할까 봐 아무렇지도 않은

듯 과장스럽게 손사래를 치다가……

멈췄다. 완전히 굳어 버렸다.

황태자가 울고 있었다.

아마 태어나자마자 자아가 형성되지 않았을 때 울음으로 모든 걸 표현해야만 했던 어린 시절을 제외하면, 처음으로 흘리는 눈물이 아닐까 싶다.

"끔찍하다. 너무 끔찍해서 견딜 수가 없다."

자신이 저런 괴물이 돼야 한다는 것도, 저런 괴물만이 황제가 될 수 있다는 것도!

주태민이 이를 악물며 외친다.

"내가 저 사람의 아들이라는 게 소름 끼친다! 인신(人神)이라! 스스로 신이 된 폐하 덕분에, 나는 사람의 자식도 될 수 없게 되었구나!"

"태자 전하께선 다른 길을 찾으실 수 있으실 것입니다."

괴물이 되지 않고도 황제가 될 수 있는 방법을.

"나는 황제가 될 것이다. 그 하나만을 위해 달려왔다. 괴물이 돼야 한다면 될 것이고, 인신이 돼야 한다면 될 것이니! 상관없다, 나는 괜찮을 것이다."

몸을 부르르 떠는 황태자를 보니 저가 왈칵 눈물이 치솟아 이경찬은 견딜 수 없었다.

이렇게 마음이 아플 수 있을까?

"제가…… 있지 않습니까, 전하. 전하께서 폐하처럼 되시지 않도록 항상 곁을 지키겠습니다. 더러운 일이 있고, 나쁜 일이 있다면 모두 제 손으로 치우겠습니다. 전하께서 인신(人神)이 되고, 괴물(怪物)이 돼 사람이 아닌 것의 얼굴을 할 일…… 없게 하겠습니다. 그러니, 그러니…… 염려치 마십시오."

이경찬이 주태민 앞에서 무릎을 꿇고선 맹세했다.

"네가? 경찬이 네가?"

"네. 제가 하겠습니다. 전하를 위해서라면 기꺼이 배신자의 길도 걸을 것이니, 태자 전하께선 오롯이 사람의 얼굴을 하고 세상을 살펴주십시오. 당신이 가진 수많은 빛으로 당신의 백성을 감싸안고 훌륭한 군주가, 황제가 돼주십시오. 그것을 위해서라면 저는 무엇이든 하겠습니다."

이경찬이 차가운 바닥 위에 이마를 댔다.

그에게 연이상단주, 환성의 모습이 겹쳐진다.

"오늘의 약속, 잊지 않겠지?"

"죽을 때까지, 죽어서라도 지키겠습니다."

"그렇다면 나는 네게, 황제의 신의(信義)를 주마. 그것은 온전히 네게만 주는, 사람으로서의 내 선물이다."

바닥에 무릎을 댄 채 엎드려 있는 이경찬을 부축해 일으켜 세운 주태민이 그의 어깨에 손을 올렸다.

두 사람이 각각 하나씩의 약속을 하고, 선물을 주고받았다.

황태자와 수하, 그리고 언젠가 황제와 그의 오른편에 설 자가 나눠 가진 약속의 날이 시작됐다.

第十章

교차점!

타다다닥!

경쾌한 발자국 소리가 지면 위를 튕긴다.

넓디넓은 무림맹의 여기저기서 쏟아져 나온 인물들이 미리 정한 대로 무리를 짓고 계획된 동선으로 이동했다.

동심회와 무림학관 두 곳을 각각 고립시킨 뒤 장악할 계획으로 이가연합에서 동심회를, 중도파에서 무림학관을 맡기로 한 참이고.

소림과 무당, 개방의 주인들은 너무 대단한 상대였기에 인질로 잡은 그들의 어린 제자들을 내세움과 동시에 이가연합과 중도파의 최강자들로 구성된 무리로 하여금 상대하게 할 작정이었다.

"여기군."

남궁민아 저가 데려온 창천대와 제갈세가 무인들과 함께 동심회 숙소 앞에 도착했다.

각 문파나 세가의 처소가 각각의 독립된 전각들이 담 안에 모여 한데 살아가는 장원 형식을 취한 것과 달리, 동심회는 무림학관의 기숙사처럼 커다란 건물 하나를 통째로 사용했다.

"우선, 동심회 소속 중 무공이 떨어지는 이들을 따로 추려 인질로 잡아 다른 곳으로 옮기는 것부터 시작해라."

지시를 내린 남궁민이 뒷일은 직속 수하에게 맡겨둔 채 저는 제 갈 길로 향했다.

너무 오래 미뤄두었던 승부를 이제는 내야 할 때가 온 것이다.

동심회 숙소 안쪽으로 스며든 남궁민이 미리 알아둔 진이현의 방으로 향하는데…… 조금 이상했다.

착 가라앉은 분위기가 영 껄끄럽게 휘감긴다.

혹시 정보가 새어 나간 건 아닌가 하고 의심하기엔 제 갈건이 치밀할 정도로 통제하고 관리해 이번 일을 진행한 터라 가벼이 입을 놀리는 이가 없었을 텐데.

남궁민이 의아해 하면서도 계속 걸음을 앞으로 내딛었다.

이윽고 저가 원하는 장소 앞에 서자 눈을 가늘게 뜨고

방문을 바라봤다.

그리곤 아주 조용히 문을 열고 안으로 들어선 남궁민의
눈에 침상 하나와 탁자 하나만 덜렁 놓여 있는 썰렁한 방
의 내부가 들어왔다.

남궁민은 안에서 싸우게 됐을 때를 대비해 물건의 위치
와 대충의 구조를 숙지한 다음 침상 앞으로 다가갔다.

침상 위엔 이불을 머리 위까지 끌어 덮은 채, 몸을 웅
크리고 있는 커다란 형상이 누워 있었다.

남궁민은 지체 없이 손에 들고 있던 검의 끝을 아래쪽
으로 향한 채로 검의 손잡이를 높이 치켜들고는……

퍼억!

그대로 내리꽂았다.

검이 침상 위에 누워 있는 형체를 관통했다.

한데 꽂히는 감촉도 영 이상하고, 이불 위로 핏물이 번
지지도 않는 걸로 봐선…… 남궁민이 이불을 와락 잡아끌
어 벗겨내니, 안에 잘 포개 놓은 솜 배게 몇 개가 뭉쳐 있
었다.

"쯧."

왠지 뻔해 보이는 광경이다.

남궁민이 눈가를 찌푸렸다.

다른 데도 이러려나?

그때였다.

침상 아래쪽에서 서늘한 기운이 느껴진 남궁민이 지면을 튕겨 몸을 위로 띄운다.

쉬익!

은빛 물살이 남궁민의 발목 어림이 있던 부분을 훑고 지나감과 동시에.

콰장창!

침상이 튕겨 오름과 동시에 산산이 부서지며 낯익은 인형이 모습을 드러냈다.

"도망친 건가 했는데, 반갑다."

남궁민이 진이현을 향해 말했다.

"암습한 거 치곤, 너무 당당하군."

"침상 밑에 숨어 있느라 고생한 사람에 비하면, 그렇지도 않다."

네 꼴이 더 우습다며 남궁민이 입가를 비틀었다.

암습은 전략이 될 수 있지만, 쓰지 않느니만 못한 평범한 수법으로 상대방이 속아주길 바라는 얄팍함은 너무 없어 보이지 않나.

"그런가?"

"다른 놈들도 너와 같은 방법을 썼다간 모두 떼죽음을 당했을 테니, 미리 인사 나눴기를 바란다."

"걱정 마라. 이건 나만이니."

진이현의 대답에 남궁민의 서늘한 얼굴에 의아함이 서

린다.

무슨 말이지?

뭐라 입을 열려던 남궁민은 곧 들려오는 커다란 소리에, 하려던 얘기를 잊고 말았다.

콰앙, 쾅!

굉음이 울려 퍼지며 바닥이 흔들렸다. 그와 동시에 진이현이 검을 내지른다.

쉬익!

남궁민은 몸을 뒤로 물린 뒤 자세를 잡고 검에 기운을 불어넣었다. 강한 기운이 방 안을 가득 채운다.

모용운지는 아직도 떠올리면 남궁민을 수치스럽게 만드는 이름으로, 그녀가 살아 있는 한 저 자식이 그녀의 곁에 있는 한 남궁민의 상처는 절대로 낫지 않을 거 같았다.

"와라!"

남궁민의 말에 진이현이 한쪽 눈썹을 치켜 올리며 대답했다.

"니가 와."

진이현의 검에서 바람이 줄기줄기 뿜어져 나오기 시작하고 대치한 채 서로를 노려보던 두 사람은 또다시 건물이 흔들리자, 동시에 서로에게로 달려들었다.

카아앙!

두 개의 검이 사납게 맞부딪쳤다.

콰앙!

건물을 흔드는 굉음은 홍개와 청운자 등 동심회 중간 어르신들의 난장 때문이었다.

장로급에 해당하는 그들은 동심회 처소인 높은 건물을 둥그렇게 감싼 채 공격을 퍼붓고 있었다.

"빌어먹을 자식들, 걸핏하면 우릴 잡아먹으려고 들고 괴롭히고 하다하다 이젠 한밤에 암습?"

내가 거지라 만만하냐? 응?

내일부턴 아주 그냥 거지만 봐도 똥오줌 질질 흘리며 피하게 해줄까?

홍개가 어금니를 좌우로 짓씹으며 기운을 팡팡 내갈겨 벽을 후려쳤다.

"으아악!"

안으로 몰래 숨어들었던 놈들이 뭔가 싶어 문을 통해 바깥으로 튀어나올 때마다 조지는 건 목영의 몫이다.

따악!

머리를 후려칠 때마다, 홍개가 지팡이 대용이라 놀리는 선장의 위쪽 봉긋한 부분 중 유독 뾰족하게 튀어나온 곳을 정확히 갖다대는 걸로 봐선 목영도 쌓인 게 많은 듯.

원래, 선장의 용도라 하면 정신 수양을 위해선데.

"참선하다 졸았다고 저걸로 등짝을 두들기다간, 애 잡

겠군."

몸이 약한 진호는 새로 하기로 한 동심회 내 교환 수련 수업에서 소림에는 절대 보내지 말아야겠다고 생각하며 홍개가 입맛을 다셨다.

"뭐해? 저 위에!"

청운자가 턱으로 건물 위쪽을 가리켰다.

암습하기 위해 건물로 들어가 배정받은 높은 층을 훑던 중, 방은 모두 비어 있지 밖에선 화약이라도 터진 거마냥 굉음과 함께 건물이 마구 흔들리지…….

당황한 적의 무사들이 창밖으로 고개를 빼죽 내민 채 동향을 살피고 있는 것이었다.

"더런 것들."

그 모습이 꼭 수북이 퍼진 밥 위에 몰려든 파리 떼처럼 보여 홍개를 불쾌하게 했다.

그의 손에 강한 기운이 피어올랐다.

"이현이 말을 듣길 잘했군."

모든 장로급들의 공통된 생각이었다.

자신들을 치기 위해 온 이들의 수나 면면이 범상치 않은 걸로 봐선, 오늘 저들이 암습할 거란 정보를 미리 몰랐다면 큰 피해를 볼 뻔했고.

적들이 뿜어내는 독기와 살기로 보건데, 오늘 잠시 물러나 저들을 허탈하게 했더라면 훗날 더 큰 해일이 돼 돌아올 거란 게 느껴졌다.

진이현은 적들의 암습을 대비해, 처음에 나왔던 의견을 참조해 계획을 짰는데……

자신들이 저들의 계획을 알고 있다는 걸 모르는 걸 이용해, 자신들의 거처를 내주고 잠시 뒤로 빠져 있다가 적들이 암습을 위해 안으로 들어가면 바깥에서 대기하고 있던 자신들이 오히려 역공을 하자는 걸로 간단하지만 실전에선 꽤 괜찮은 방법이었다.

쾅! 쾅!

힘을 합쳐 건물을 두들기니, 창가에 다닥다닥 붙어 어쩔 줄 몰라 하고 있던 놈들이 후두둑 밖으로 떨어져 내린다.

무공이 강한 이는 다행히 잘 착지했지만, 목영이나 다른 소림의 장로들에 의해 두들겨 맞아 기절했고.

조금 약한 이들은 그대로 지면 위로 고꾸라질 뻔했으나, 청운자와 무당의 장로들이 바람을 터트려 한 번 속도를 늦춰준 덕에 살아남을 수 있었다.

공중에서 한 번 몸이 꺾이고 바닥으로 튕겨 두 번 처박히는 아픔이 있기는 했지만 최소한 죽지는 않았으니까.

암습을 시도했으나 완전히 까발려져 중인환시에 전투가 벌어지기 시작한다.

쿠당탕탕!

"저 안에 있는 거, 이현이랑 남궁 대공자 맞지?"

유독 강한 기운 두 개가 건물 안에서 뒤엉켜 싸우고 있었는데, 밖에서 건물을 흔들지 않아도 안에서 어찌나 험하게 날뛰는지 그들이 이동하는 방향에 있는 적들은 제발로 창문을 통해 바깥쪽으로 몸을 내던질 정도였다.

그때.

챙그랑!

유리 깨지는 소리와 함께 한 덩어리가 돼 뒹구는 두 청년이 모습을 드러냈다.

진이현과 남궁민으로, 얼핏 봐서는 진이현의 손해가 커 보였지만……

"아니야, 이현이는 피륙만 좀 다친 거지만, 남궁 대공자는 내상을 입은 거 같은데?"

입가로 흘러내린 피가 그 반증이다.

속이 다친 건 피부나 근육이 상한 거보다 후유증이 컸다.

"대공자님!"

만약을 위해 후발대로 온 이인세가의 인물들이 멀리서 남궁민을 보고 놀라 달려온다.

"이젠 피를 봐야 할 때군."

청운자가 검을 뽑아 들었다.

"와아아아!"

목청껏 소리를 내지르며 달려오던 제갈세가의 무사 하나가 청운자에게 옆구리를 찔린 채 그대로 나동그라졌다.

피로 적셔진 검신을 가볍게 바닥을 향해 휘둘러 핏물을 떨군 청운자가 무표정한 얼굴로, 다가오는 이들을 노려봤다.

"저희가 여기 있어도 되겠습니까?"

강일언이 초조한 얼굴로 하는 말에 진호철이 고개를 끄덕였다.

"우리도 할 일이 있지 않습니까, 손님을 박대할 순 없지요."

비록 초대하지 않은 손님이라 해도 말이다.

어떻게든 도움을 주려 했는데, 또 안전한 곳에 물러나서 보호를 받는 거 같아 강일언의 마음은 그리 편치 않았다.

"칼을 들고 싸우는 것도 중요하지만, 중도파를 설득해 흘려야 할 피를 줄이는 것도 중요합니다. 얼른 여기서의 일을 처리하고 도와주러 가면 되니 너무 걱정하지 마십시오."

회주인 진호철이 내내 저에게 신경을 써주며 안색을 살피니 미안해진 강일언이 불안한 기운을 갈무리하고 평정을 되찾으려 애썼다.

"저기 오나보군."

무당의 청기자가 학관 입구 저편을 가리킨다.

어둠 속에 몸을 숨긴 채 다가오는 이들의 기운이 점점이 사방에 뿌려져 있어, 마치 단 걸 탐하러 달려드는 개미 떼처럼 느껴졌다.

"이현이 말대로 이곳으로 중도파가 왔군."

"남궁 대공자가 저를 두고 절대 다른 곳으로 가진 않을 거라더니……."

청기자의 말에 동의해 준 목인이 자신들 뒤에 서 있는 학관 수련생들의 부모와 스승들을 돌아봤다.

"준비됐는가?"

"네!"

우렁찬 대답이 터져 나왔다.

그들은 근래 학관을 찾아왔던 이들로, 동심회와 무림학관을 지키기 위해 인근 마을에서 지내거나 학관 내에 머물다가 오늘의 일을 해결하기 위해 힘을 뭉친 상태로.

자신들을 암습하기 위해 오고 있는 중도파에는 거대 세가와 문파만 있는 게 아닌지라 여기 있는 이들과 연관된 곳도 제법 있었으므로 그들을 설득해 검을 내리게 하는 게 주된 목적이었다.

중도파는 각자 이득을 통해 뭉친 곳이고, 세력이 깨알같이 쪼개져 있는지라 몇 개의 큰 덩어리로 부수면 금방

깨트릴 수 있는 곳이었기 때문이다.

그리고 그것을 가능하게 도와줄 후광이자 뒷배가 무당과 소림, 그리고 개방의 최고 어르신들이고.

그렇다고 세 어르신들의 역할이 그것만은 아니었다.

학관엔 동심회에서 무공이 좀 약한 이들이나 어린 제자들을 수련생들과 함께 보호하기 위해 모아 두었기에 동심회 최강자인 세 어르신이 모여 있는 것이다.

싸우는 곳이 아니라 지키기 위한 곳에 가장 강한 사람들을 배치한 게 어찌 보면 멍청하고 비효율적이라 할 수도 있겠지만 동심회 사람들은 그렇게 생각지 않았다.

"얼른 끝내면, 이가연합에 시달릴 장로님들과 이현이를 도우러 갈 수 있습니다."

진호철이 동심회의 처소가 있는 곳을 바라봤다.

흐릿하게 들리는 파공성과 함께 매캐한 연기가 흐릿하게 풀린 채 여기까지 달려와 코끝을 찌르는 걸로 봐선 전투가 꽤 험난하게 이어지는 듯싶었다.

강일언은 진호철이야말로 가장 저곳으로 달려가고 싶은 사람일 거라는 걸 깨닫는다.

진호철이 어떻게 저와 비교도 안 되게 대단한 이들을 제치고 동심회주 자리에 올랐는지, 왜 기라성같이 쟁쟁한 이들이 스스럼없이 그를 따르는지.

강일언은 진호철이란 사람에 대해 알면 알수록 더 확실

히 이해가 됐다.

"모습을 드러내십시오, 이미 알고 기다리고 있던 참입니다."

진호철이 가장 앞으로 나서서 이상한 기운을 느끼고 멈춰선 이들을 향해 말했다.

침묵이 감돈다.

"걱정 말게. 이해하네. 나서기 싫었는데 억지로 나선 이들도 있다는 걸. 제갈세가와 남궁세가가 하도 험하게 굴며 닦달하니 어쩔 수 없었겠지."

청기자가 다 이해한다는 듯 부드러운 어조로 말했다.

바로 옆에서 속삭이듯 작은 목소리였는데 이리저리 퍼져 있는 중도파의 모두가 들을 수 있을 만큼 널리까지 일정한 크기로 퍼져 나간다.

마른침을 꿀꺽 삼킨 중도파의 사람들이 서로 눈빛을 교환했다.

개방과 무당, 그리고 소림의 저 세 사람이 여기 있는 이상은 수련생들이나 어린 제자들을 인질로 잡을 수도 없고, 싸움이 벌어지면 자신들이 크게 불리해질 테지.

"제갈세가의 예측이 틀렸으니 모두 그들의 탓입니다. 애초에 이런 암습을 같은 무림맹 동도에게 한다는 자체가 글러먹었습니다. 차라리 결투를 신청하면 했지요!"

누군가 나서자 너도 나도 호응한다.

목인이 그들을 물끄러미 바라보며 한숨을 짓자 청기자가 입을 열었다.

"이가연합의 기세를 꺾고 나면, 무림맹 전체의 흐름을 우리가 주도할 수 있을 것이니, 조금씩 바뀌지 않겠나?"

진이현도 중도파에 대해서는 조금 덜 적대적이었고, 어느 정도 변화의 가능성을 염두에 두고 있었기에 강압적인 방법보다는 대화로 타협하는 형식을 택했다.

"그래야지. 정말 그랬으면 좋겠네."

목인이 간절한 음성으로 말했다.

자신들은 이제 피 보기를 주저하지 않을 참이니, 더 늦었다가는 목인 자신이 먼저 지옥문으로 가는 살계를 열고야 말 것 같았다.

"겨우 이 정돈가?"

남궁민의 물음에 진이현이 피 섞인 침을 뱉어낸 뒤 입가를 비튼다.

"너야말로."

"죽여 버리겠다."

남궁민이 눈을 부릅떴다.

채앵, 챙!

검을 휘두르자 상대도 맞받아치며 똑같이 한 점을 얻고 한 점을 잃는다.

남궁세가의 대공자인 자신을 번번이 좌절하게 만드는 저 진가장의 첫째를 절대 용서할 수 없었다.

한데 저놈과 자신은 백중세(伯仲勢)로 누가 더 낫다고 하는 차이가 종잇장처럼 얇았으니!

불쾌함이 이성을 잠식해 들어간다.

남궁민은 급히 창천대를 찾았지만 그들은 동심회의 장로들과 싸우는 걸로도 벅차 하고 있었다.

"우리야 역공을 당했다 쳐도 중도파에선 대체 뭘 하고 있는 건지!"

아니면 중도파도 자신들과 같이 함정에 빠진 것인가?

"무슨 생각을 하고 있나?"

진이현이 무심한 어조로 말을 건다. 혼잣말을 중얼거리는 남궁민이 싸움에 집중하지 않고 있다 여긴 탓.

"언제 네놈과 네놈 동생의 사지를 찢을지 고민 중이다."

유청에 대한 이야기가 나오자 진이현의 표정이 굳었다.

"나도 이기지 못하는 놈이 내 동생을 이길 수 있을지 모르겠군."

"그럼 너부터 죽여야 자격이 입증되겠군, 그래."

남궁민이 싸늘하게 쏘아붙인 뒤 검에 힘을 불어넣다가 얼어붙었다.

솨아아아!

진이현의 전신에서 뿜어져 나온 날카로운 기운이 주위의 공기를 밀어냈다.

"너……!"

남궁민은 저가 알고 예상했던 거보다 진이현이 훨씬 강함을 처음으로 느꼈다.

진이현으로부터 시작된 압박감에 온몸이 부르르 떨렸다.

남궁민은 맹세코, 이런 기분은 처음이었다.

진이현이 검을 휘두른다.

거친 이를 드러낸 기운이 검끝에서 쏘아져 남궁민을 향했다.

그의 목숨에 위협이 느껴지자 지금껏 몸을 숨기고 있던 수신호위들이 튀어나와 남궁민을 보호했다.

진이현은 그럴 줄 알았다는 듯 무표정한 얼굴로 지면을 박차고 달려 나가 그들을 향해 검을 휘둘렀다.

"크흑!"

신음을 뱉어내며 수신호위 중 한 명이 쓰러지자 이현은 멈추지 않고 몸을 빙글 돌려 옆에 있던 다른 이에게 다리를 내질렀다.

이현은 몸이 몇 개라도 되는 듯 공격을 퍼부었다.

그렇게 마지막 수신호위까지 바닥에 쓰러지자 남궁민의 안색이 창백해진다.

한데 상황은 더욱 남궁민에게 나쁘게 흘렀다.

"이현아! 저기, 어르신들께서 오신다!"

홍개가 학관이 있는 쪽을 가리키며 말했다.

진이현도 이미 느끼고 있었는지 시선을 돌리지 않고 고개를 끄덕였다.

중도파에 대한 설득이 잘 이루어진 듯.

그렇다는 건……

"어쩌나? 이가연합만 꼴이 우스워졌구나."

게다가 피해도 막심할 테지.

진이현의 말에 와락 얼굴이 일그러진 남궁민이 뭐라 외치려는 순간.

퍼억!

남궁민에게 짓쳐 든 진이현이 손에 날을 세워 그의 목뒤를 내려쳤다.

남궁민이 바닥으로 쓰러져 나뒹굴었다.

진이현이 남궁민을 대충 잡아끌어 아직도 검을 휘두르고 있는 남궁세가의 창천대와 제갈세가의 무사들을 향해 내보인다.

그리고 느리게 남궁민의 목을 당장 잡아 꺾을 듯 손을 갖다댔다.

병장기 부딪치는 소리가 조금씩 줄어들다 완전히 멎었다.

"이현아!"

진호철이 달려오며 첫째 아들을 부르는 소리가 크게 울려 퍼진다.

첫 번째 습격은 이가연합의 완패였다.

주요 인물 중에 죽은 이가 있거나, 세력이 완전히 무너져 내린 건 아니지만 거대 세가 두 곳이 연합한 곳을 가볍게 이긴 동심회의 힘이 완전히 부각된 상황.

동심회의 시대가 열렸다.

그 이름이 자체가 무림맹을 대신할 수 있을 정도로!

별다른 피해 없이 동심회가 승리를 거머쥘 수 있게 한 것은 자기들이 그토록 무시하고 사람 취급하지 않던 맹의 식솔들과 하급 무사들이란 걸 이가연합에선 절대로 모르리라.

이해할 수도 없을 테고.

하나, 둘 모여든 좌중의 눈에 축 늘어진 남궁민의 목을 움켜쥐고 있는 진이현의 모습이 깊게 각인됐다.

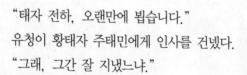

"태자 전하, 오랜만에 뵙습니다."

유청이 황태자 주태민에게 인사를 건넸다.

"그래, 그간 잘 지냈느냐."

주태민이 유청을 위아래로 훑어본다.

유청은 자신을 잡아먹을 듯 형형히 타오르는 시선에 부끄러워 어색하게 웃었다.

"전 별로 맛이 없습니다만."

"나도 아무거나 주워 먹을 만큼, 궁한 사람은 아니다."

하여간 저 싸가지 없는 용새끼!

유청이 속으로 구시렁대며 욕을 하지만 얼굴엔 웃음이 가득이다.

저번에 잠깐 마주쳤던 걸로 아직도 자신을 떠올리며 죽일까 말까 고민한다는 황태자 전하 아닌가.

최대한 좋은 인상을 주어 예전의 나쁜 기억을 지운 뒤, 다시는 볼일이 없길 바랐다.

그냥 유청 자신이란 존재가 세상에 없다고 생각해 주면 좋으련만.

"이번에 채환이와 초린대가 신세를 많이 졌다 들었다."

"아닙니다, 신세는요. 친구끼린데."

유청이 손사래를 쳤다.

하나 가슴 한쪽이 뜨끔한 게 아무래도 오늘의 자리엔 길보다 흉이 많을 거 같단 예감이 든다.

평소 농을 좋아하는 거 같지 않은 황태자도 빙빙 말을 둘러 하고 보름 전 입궁했다 돌아온 경찬이가 심하게 앓았던 일을 시작으로.

갑자기 연이상단과 관련된 모든 증거를 회수해 간 황궁에서 아무런 언급도 없는 것도 그렇고.

초린대는 물론 채환이도 황태자를 보러 갔다가 돌아오지 않았는데…… 아무래도 태자궁엔 없는 거 같지 않은가?

뭔가가 심상치 않게 흘러가고 있다는 느낌이 자꾸 들었다.

"여기가 편치 않나?"

유청이 자꾸 딴짓을 하자 탁자 위에 찻잔을 내려놓은 황태자가 말했다.

"너무 높으신 분께서 지내시는 곳이라 부담스러워 그럽니다. 저 같은 평범한 사람은 평생 와볼 일이 없어야 맞는 건데, 저는 어쩐 일인지 벌써 몇 번째 와보네요."

머릴 긁적이는 유청을 보며 주태민이 눈을 가늘게 떴다.

"네가 왜 평범한가? 무림을 좌지우지하는 동심회주를 아비로 두고, 동생을 위해서라면 뭐든 한다는 다정한 형이 무림에 이름을 떨치는 철면검객이라 하던데."

"뭐, 아버님과 형님이 잘나신 거지, 제가 잘난 건 아니니까요."

경찬이 녀석은 뭐 그리 꼬치꼬치 다 얘길 한 건지.

대충 자신에 대해 아는 거야 당연한 거겠지만 이현 형

님의 별호까지 정확히 맞추니 좀 당황스러웠다.

"난 네가 가장 탐나는 데 그러는구나."

"네에에엑?"

유청이 기괴한 소리를 냈다.

"넌 아주 싫은 모양인가 보군."

"아, 아니 그게 아니라……."

황태자가 뭘 잘못 먹기라도 했단 말인가? 저번에 마지막에 봤을 때만 해도 자신을 쓸모없는 놈 취급하며 밥도안 주고 내쫓았었는데.

대체 왜 저러는 거지?

유청이 고민하고 있을 때 황비가 서희 공주와 함께 태자궁을 찾았다.

"태자, 예전에 잠시 들렀던 유청이란 아이가 왔다지?"

"어마마마께서도 이 녀석이 썩 마음에 드셨나 봅니다. 한 번 보았을 뿐인데 아직도 기억을 하시는 걸로 봐선말입니다."

황태자의 말에 황비가 입을 가리며 웃었다.

"건조한 황궁 생활에서 저만큼 활기찬 사람을 본다면당연히 그렇지 않겠나, 태자."

"어마마마 말씀이 옳습니다."

주태민이 고개를 끄덕였다.

황비와 서희 공주까지 후원의 탁자에 앉자 자리가 꽉

찼다.

처음 가출한 다음 북경에 와서 입궁해서 여기에 앉았을 땐 주위가 넉넉했는데 말이다.

"이번에도 재미있는 여행을 했더냐?"

황비의 물음에 서희 공주까지 눈을 빛낸다.

유청이 씨익 웃으면서 이야기를 풀어낸다.

간간이 들었던 것에 보았던 걸 섞어 과장스럽게.

그렇지 않다면, 쫓고 쫓기고 쫓고 쫓기는 땀내 나는 얘기밖에 할 게 없었으니 어쩔 수 없었다.

그러다 이야깃거리가 떨어지면 무림학관에서 있었던 것들을 풀어내는데 서희 공주가 특별히 좋아했다.

"정말 명의인가 보구나. 오현이란 친구가 그 쓴 약을 먹고 자신감을 되찾았다니 다행이로다. 어마마마, 저도 언제 한 번 하남성의 그 의원을 불러다 약을 짓고 싶어요."

"그래, 내 폐하께 청해보도록 하겠다."

유청 덕분에 황궁 출입을 하게 될지도 모르는 의원은 분명 출세가도를 달리게 해준 그에게 아주 고맙겠지만……

서희 공주는 그 약이 얼마나 더럽게 맛이 없는지 잘 몰라 저럴 수 있는 것이리라.

아마 그 약을 먹고 나면 서희 공주도, 그 의원도 진유청의 욕을 엄청나게 하게 되리.

어쨌든 그 예전과 마찬가지로 두 모녀는 눈을 빛내며 열중해서 입 아프게 떠드는 유청을 보람되게 해줬다.

한참 계속되던 이야기가 끝나고 유청이 찻물로 입을 축이자 서희 공주가 한숨을 내쉰 뒤 종알거렸다.

"진 공자의 아버지와 형은 진 공자를 아주 아끼는 모양이야. 그러니 조금만 아파도 약을 짓는다, 업어준다, 안아준다 그토록 감싸 안았겠지."

서희 공주에겐 사이좋은 유청의 가족들이 마냥 부러운 듯.

계속 그 이야기를 했다.

"공주는 기억이 안 나나 보지만, 폐하께서도 공주와 놀아준 적이 있으셨단다."

"정말요, 어마마마?"

"그럼, 정말이고말고."

황비가 서희의 머리를 쓸어 넘겨주며 보석 같은 두 눈동자에 제 눈을 맞춘다.

"폐하께선 수수께끼를 푸는 걸 아주 좋아하셔서 황자 시절부터 여러 가지 수수께끼를 모으셨는데 공주가 어렸을 때 그것들 중 하나를 꺼내 문제를 내고 맞히는 놀이를 해주셨단다."

사실, 황비의 청으로 잠시 서희를 보던 중 손에 잡힌

걸 내어 줬을 뿐 딱히 놀아준 거라곤 할 수 없고. 그나마도 곁에 있던 황태자 주태민이 읽어주고 받아 주었던 건데.

다행인 건지 서희 공주는 잘 기억이 나지 않는 듯.

황제가 저와 놀아준 적이 있다는 것에만 기뻐했다.

"수수께끼요?"

"진 공자도 좋아하는가?"

"아, 그냥 조금요."

유청이 머쓱하게 대답했다.

잔머리가 잘 돌아갈 뿐, 딱히 머리가 좋은 건 아니라는 자각이 있는 유청에게 수수께끼란 머리 아픈 문제 이상도 이하도 아니었기 때문이다.

한데 이렇게 관심을 보이는 건……

"폐하께선 어렸을 적 혼자 보내신 시간이 많으셔서, 그때 공부를 가르쳤던 학사들이 내준 수수께끼를 풀며 놀곤 하셨다 들었네. 그러다 점점 문제를 잘 푸시게 되니 천하의 대학사들도 그분을 놀라게 할 수수께끼를 내려 머릴 싸맸다 하고. 나중엔 별로 답을 정해 놓고 거기에 맞는 수수께끼를 만들어 오라 시키기도 하고 그러셨다더군."

황비는 황태자와 공주에게 황제를 좀 더 가깝게 다가가게 하려 무던히도 애를 썼고, 여러 가지 황제의 이야기를 해줌으로써 그렇게 느끼게 했다.

물론 이번에 뭔가를 느낀 건 그 두 사람이 아닌, 유청이었지만.

유청은 수수께끼란 말을 들었을 때부터 묘하게 신경이 쓰이더니 곧 머리가 뻥 뚫리는 거 같았다!

콰앙, 하고 큰 충격이 일어나 막혔던 게 다 풀어지는 기분이랄까?

실오라기 같은 단서가 잡힐 듯 말 듯 내내 손을 빠져나가 아쉽고 신경질이 났었는데, 드디어 그걸 잡은 것이다!

천하의 제갈세가도 풀 수 없었던 그 대단한 비밀!

불귀곡의 장보도가 바로, 답이 정해져 있는 수수께끼였던 것이다!

황제는 저가 원하는 글자가 나오도록 수수께끼를 만들게 한 뒤, 그걸 하나하나 순서대로 붙여 보물이 숨겨진 장소를 가리키게 했다.

아무리 제갈세가라 해도, 평생 공부만 한 대학사들이 심혈을 기울여 만든 문제를 쉬이 풀 순 없었겠지.

게다가 황제라면 온갖 다양한 이들을 다 만날 수 있었을 텐데 그림부터 시, 소설 등 말이다.

무궁무진한 분야의 전문가들이 황제를 위해 그가 원하는 걸 만들어 바쳤을 터.

장보도가 천하에서 손꼽히는 재주꾼들이 머릴 짜내 황제를 기쁘게 해주기 위한 선물로 탄생한 거라면 무림에서 그토록 오래 풀이를 하려 해도 할 수 없었음이 이해가 갔다.

후에 장보도가 무림맹의 보물로 발견된 뒤에도, 그것은 황제의 오래된 취미이자 이젠 사라진 취미로 연결 고리가 전혀 없었기에 둘의 교차점을 찾을 수 없는 게 당연했고.

각자 쪼개진 글자를 모아 장보도를 만들었을 거라고 누가 상상이나 했겠나.

참으로 대단한 황제.

유청이 멈칫했다.

문제를 풀었다고 좋아할 때가 아닌 것이다.

장보도를 무림맹에 푼 이가 황제라면 그것은 곧!

"어마마마, 저는 진 공자와 할 이야기가 있으니 이야기가 끝나셨으면 자리를 좀 피해주시겠습니까?"

"아, 내 정신 좀 보게나. 너무 즐거워 시간 가는 줄 몰라서 그만. 나중에 또 자리를 만들기로 하고, 오늘은 이만 하지."

황비가 고개를 끄덕인 뒤 서희 공주와 함께 태자궁을 나섰다.

그러는 동안에도 유청은 혼자만의 생각에 빠져 사람이 들고 남을 몰랐다.

그래, 그게 문제였다.

유청이 너무 집중을 하고 있어 다른 때와 달리 주위를

살피지 못했다는 것과 유청의 옆에 앉은 이가 경찬이였던
것.

유청이 너무나 아끼고 믿는, 친구.

"뭘 그리 생각해?"

경찬이 묻는다.

"어엉? 아, 아냐. 그냥……."

"자, 마셔."

이경찬이 새로 따른 찻물을 유청 앞에 놓아준다.

유청이 손을 대보니 뜨겁지 않고 딱 마시기 좋게 식어
있었다.

"고마워."

인사를 한 유청이 찻잔을 손에 들고 가장자리에 입술을
댔다.

찻물을 목 안으로 넘긴다.

"뭘 봐?"

유청은 차를 마시다 말고 물었다.

저를 너무 빤히 보는, 아니, 아프게 보는 경찬이 이상
했던 것이다.

"미안, 유청아."

진유청은 이해가 안 됐다.

뭐가 미안하다는 거지?

인상을 찌푸리며 입을 열려던 유청의 눈앞이 흐릿해진

다.

저 용새끼가 경찬이에게 나쁜 짓이라도 시킨 건가?

유청이 겨우 고갤 돌려 황태자를 노려봤다.

주태민은 그의 눈에 깃든 의혹을 읽고 설명해 준다.

"백일취라고, 잠을 잘못 자는 이들이 마시면 푹 잘 수 있게 해주는 약초다. 몸에 나쁘거나 독이 들은 건 아니니 걱정 말도록. 경찬이 말이 네가 워낙 특이체질이라 하여 효과가 있을지 없을지 몰라 신경 써서 고른 것이다."

아, 그러세요?

씨발, 몰래 약 처먹였단 소릴 길게도 하네.

성질 더러운 용새끼 치곤 너무 친절하고 자세한 설명이었으나, 고맙단 생각은 들지 않았다.

쿠웅!

머릿속이 빙빙 돌자 유청은 그대로 탁자에 머리를 박은 채 쓰러졌다.

"태자 전하, 아니 되십니다! 그러지 마십시오!"

태자궁 밖에 소란스러워졌다.

"채환이군. 손 위사와 윤 위사에게 단단히 감시하라 일렀건만 또 빠져나왔나 보네."

"……제가 나가보겠습니다."

경찬의 말에 황태자가 그러라는 듯이 고개를 끄덕였다.

경찬이 나가자 황태자의 후원엔 쓰러진 유청과 황태자

두 사람만이 남아 있게 됐다.

　황태자는 고요한 침묵 속에 제 앞에 놓인 찻잔을 들어
입에 댔다.

〈『귀환! 진유청!』 제14권에서 계속〉

귀환! 진유청!

1판 1쇄 찍음 2012년 9월 5일
1판 1쇄 펴냄 2012년 9월 7일

지은이 | 로 토
펴낸이 | 정 필
펴낸곳 | 도서출판 **뿔미디어**

편집장 | 이재권
기획 · 편집 | 심재영
편집디자인 | 이진선
관리, 영업 | 김기환, 임순옥

출판등록 | 2002년 9월 11일 (제081-1-132호)
주소 | 부천시 원미구 상3동 533-3 아트프라자 503호 (우)420-861
전화 | 032)651-6513 / 팩스 032)651-6094
E-mail | BBULMEDIA@paran.com
홈페이지 | www.bbulmedia.com

값 8,000원

ISBN 978-89-6639-876-8 04810
ISBN 978-89-6359-513-9 04810 (세트)